# LE TOUR DU MONDE EN 80 JOURS…

## Sans un centime

MILAN BIHLMANN
ET MUAMMER YILMAZ
avec la collaboration de Gaëlle Noémie Jan

# LE TOUR DU MONDE EN 80 JOURS...

Sans un centime

Michel LAFON

118, avenue Achille-Peretti – CS 70024
92521 Neuilly-sur-Seine Cedex

www.michel-lafon.com

## Milan et Muammer

Deux aventuriers optimistes

### MILAN

Ce voyage aurait pu commencer rien qu'avec son prénom. Les parents de Milan l'ont choisi après leur rencontre avec un gitan passionnant durant l'un de leur nombreux voyages. Et il leur a donné raison, devenant très jeune un citoyen du monde. Audacieux, extraverti, sociable et serein à la fois, il a cette capacité à rentrer de chacun de ses voyages avec un trésor d'expériences uniques : que ce soit un costume ajusté par les soins du tailleur personnel de Fidel Castro à Cuba, ou l'organisation en France d'un joyeux festival des voisins pour les enfants défavorisés.

Parallèlement à ses études de commerce international menées entre l'Allemagne, la France et le Canada, Milan mène une carrière de jongleur professionnel et s'est fait ambassadeur du *CouchSurfing*. Il aime à se lancer dans toutes sortes d'activités sportives, sait divertir ses amis avec son talent de conteur et a perpétuellement un projet en cours.

De son enfance dans un petit village de 146 habitants en Allemagne, il a gardé les pieds sur terre et l'amour des relations simples, et conserve cet état d'esprit à l'étranger que ce soit en contemplant un horizon de gratte-ciel ou devant un époustouflant canyon. Il croit résolument à la curiosité des gens et noue des relations avec quiconque l'approche avec l'esprit et le cœur ouverts et un bon sens de l'humour.

À l'heure de la mondialisation, créer des rencontres interculturelles et réunir des gens de différentes religions et nationalités sont sa modeste contribution à la construction d'un monde pacifique.

Milan est bien placé pour savoir que toutes les aventures connaissent des hauts et des bas. Néanmoins, écoutant son irrésistible envie de progresser constamment mais aussi d'explorer ses limites personnelles, il a résolu de vendre presque tout ce qu'il possédait pour s'engager dans une nouvelle phase de sa vie en réalisant un tour du monde en 80 jours sans utiliser d'argent.

## MUAMMER

Un aventurier curieux, qui sourit au monde ! Né en Alsace à Colmar, Muammer a toujours débordé d'énergie positive. Sa première caméra lui a été offerte à 17 ans par son père, pour le féliciter d'avoir réussi à financer lui- même son voyage aux États-Unis. Un cadeau qui change sa vie ! En 2000, il fonde TvCampus à Strasbourg, une association qui forme bénévolement plus de 500 étudiants à la réalisation et au montage et qui leur ouvre les portes du journalisme et de l'audiovisuel. Muammer aime partager sa passion et transmettre son énergie aux autres. En 2005, il crée le concept du Marathon Vidéo 48 heures à Strasbourg. Journaliste, présentateur télé, caméraman, monteur, photographe ou animateur radio (chez RBS), Muammer est un passionné qui touche à tout. En 2008, il se dirige avec VIP Studio vers la conquête de nouveaux territoires créatifs. Aujourd'hui, réalisateur et photographe indépendant, Muammer est un passionné de voyage qui aime s'associer avec ses amis pour ramener des images venues du bout du monde. Son dernier film, en co-réalisation avec Philippe Frey et coproduit par Alsace20, « Les peuples de l'Omo » a été diffusé sur France 3-Alsace. Muammer a déjà à son actif de nombreux voyages extraordinaires, comme celui, par exemple, qui lui a permis de rejoindre une caravane du sel au Tchad, en plein désert, et réaliser un film documentaire : « La caravane Noire ».

Avec plus de 400 voyages à travers 60 pays du monde, Muammer est un globe-trotteur qui a foi en l'humanité. Curieux du monde, il nourrit un intérêt particulier pour les peuples, pour leurs différences culturelles, leurs coutumes, leurs croyances… Il a pour ambition de provoquer les rencontres, d'apprendre et de s'enrichir à travers ces échanges. En un mot, il aime les gens et ses valeurs sont l'égalité, la tolérance, l'amitié, la paix et le respect mutuel entre tous les hommes.

Débordant d'énergie positive, animé par la conviction que « tout est possible », Muammer est toujours partant pour relever les défis et lancer de nouveaux projets. Il adore le cinéma et l'art de créer du divertissement de qualité. Ce projet, inspiré de l'ouvrage du célèbre écrivain français Jules Verne, réunit tous les ingrédients d'un scénario captivant : les rencontres, l'aventure, le rêve, le partage et l'humanité !

# Introduction

Deux entités. Deux parcours. Une rencontre. Un rêve.

Deux entités diamétralement opposées. L'un est réfléchi, l'autre est davantage démonstratif. L'un est adepte de la méditation, l'autre ne tient pas en place. Les rôles semblent prédéfinis, et pourtant…

Deux parcours distincts. L'un atypique, entremêlant un cursus en commerce international avec les arts du spectacle et la maîtrise du jonglage ; l'autre pluridisciplinaire, attaché à l'image et présentant des expériences variées en réalisation, photographie et production. Les rôles sont partagés, et pourtant…

Une rencontre à l'hiver 2010, à Berlin, en Allemagne, laisse présager d'un avenir commun. Car si onze ans séparent Milan Bihlmann et Muammer Yilmaz et que leurs compétences respectives témoignent de leurs personnalités antinomiques, le duo qu'ils décident de former en septembre 2014, sous les traits d'Optimistic Traveler (être toujours confiant face à l'avenir), au bout de seulement six jours passés ensemble, permet de fusionner des visions et des idées finalement complémentaires.

Un rêve, un pari fou, celui de faire le tour du monde en 80 jours sans un centime, les unit comme jamais.

Très tôt, Jules Verne et l'un des personnages phares du roman, Phileas Fogg[1], s'ancrent dans l'imaginaire de Muammer, qui développe une irrésistible attirance pour l'aventure et l'exploration de lointaines contrées. Boucler un tour du monde en quatre-vingts jours ? Le challenge est si tentant pour l'un que l'idée séduit bien vite l'autre.

Lors de leurs précédentes expériences de voyage, ils ont pu appréhender de nombreux préjugés, sociaux ou religieux. Mais ils les ont surmontés grâce à la rencontre de différentes personnes qui leur ont ouvert leur cœur. C'est l'inspiration même du défi qu'ils veulent relever : prouver au monde entier que l'être humain est doué de générosité et qu'il est voué à vivre dans le bonheur.

1. Jules Verne, *Le Tour du monde en quatre-vingts jours.*

Le projet naissant et grandissant est une suite logique à leur rencontre étonnante. Ambassadeur berlinois du site communautaire *Couchsurfing*[1], Milan héberge Muammer le temps d'un week-end. De cette manière, le lien est créé et le socle de cette nouvelle amitié est posé : l'insatiable besoin de voyage, l'attrait pour les différences culturelles et la curiosité du monde sont des valeurs qu'ils partagent. Voyager certes, mais surtout voyager différemment. Car cette course folle aux quatre coins du globe, si tant est qu'elle soit réalisable, se doit d'être motivée.

Optimistic Traveler et le *80 Days Challenge* s'inscrivent ainsi dans la lignée des aventuriers mordus de voyages alternatifs comme Antoine de Maximy de « J'irai dormir chez vous », ou Guillaume Mouton et Nans Thomassey de « Nus et Culottés », pour ne citer qu'eux. Des voyages guidés par les rencontres où la chaleur humaine et la générosité bousculent les peurs et les a priori. Dans un souci d'équité et avec une volonté de dépouillement ou de détachement de tout bien matériel inutile, il est décidé que cette aventure se fera sans un centime en poche. Faire face à

---

1. Fondé en 2004, le site Web *CouchSurfing* est une plateforme communautaire qui met en relation les voyageurs et leur offre des possibilités d'hébergement et de partage de valeurs communes à titre gracieux.

ses propres besoins semble paradoxalement être la clé pour s'ouvrir aux autres.

L'association Optimistic Traveler est née, le projet est lancé. Un rêve, un défi fou. Le cadre du challenge déterminé, c'est à la pratique qu'il faut s'atteler. Puisque cette aventure n'est que la première étape d'un cheminement souhaité vers l'humanitaire, la visibilité médiatique est essentielle. Site Web et pages sur les différents réseaux sociaux sont mis en route et seront alimentés chaque jour. La presse est avertie, les premiers papiers font leur apparition et la communauté Internet répond déjà présent. Un soutien assurément précieux.

Autres préparatifs. Se déplacer sans argent induit forcément un nouveau moyen de transport : l'auto-stop. Un premier test est primordial pour se roder lorsque l'on est novice en la matière. Rallier Strasbourg à Berlin ? C'est possible lorsque l'on s'oblige à aller vers les autres en adoptant une approche respectueuse et positive. Un nouvel univers s'ouvre et les histoires des personnes croisées en chemin donnent une dimension captivante aux déplacements. Ces quatre-vingts jours promettent d'être enrichissants.

Les premières questions et certains doutes apparaissent également : le principe de cette aventure va-t-il fonctionner ? Y aura-t-il un endroit où dormir tous les jours ? Certains pays, comme le Pakistan ou l'Iran, seront-ils si dangereux qu'on le dit ? Et comment traverser les océans ?

Le choix de l'équipement, enfin, n'est pas le moindre. Hors de question de parcourir le monde avec un bagage trop lourd qui ralentit. Une contenance de 30 litres – ce qui équivaut à une douzaine de kilos – est largement suffisante. Il y a des impératifs comme le filtre purificateur d'eau. Côté garde-robe, le strict minimum est autorisé. L'attirail du nomade digital rajouté – appareil photo, caméra, disque dur, ordinateur portable, etc. – et les sacs à dos sont fin prêts. Seule une légère dérogation vestimentaire est accordée. Soigner son apparence permet de cultiver les rencontres, chemise blanche et nœud papillon feront donc partie du voyage. Une carte joker non négligeable. De même que les talents de photographe de Muammer ou de jongleur de Milan. Il faut savoir user de ses charmes et de ses armes, et le diabolo comme le prisme de l'appareil photo en sont deux, déroutantes et enchanteresses.

Lundi 8 septembre 2014, Paris, France. L'horloge tourne, le compte à rebours est enclenché. Le rêve est à portée de main, il est temps de se lancer dans la réalité…

## *Jour 1 - mardi 9 septembre 2014, Paris-Strasbourg, France*

Le grand départ. Des journées entières de préparation, de tests en tous genres – entraînement d'auto-stop ou délestage du sac à dos pour un bagage des plus légers – et de plans d'action concernant la documentation du voyage et le stockage des images nous ont menés droit à ce rendez-vous que nous ne saurions manquer.

9 h 09

L'heure a sonné. En cette matinée du 9 septembre 2014, nous voici à Paris, au pied de la tour Eiffel. Une entrée en matière symbolique pour entamer un défi de taille. Notre challenge. Celui de faire le tour du monde en quatre-vingts jours, sans argent afin d'échanger, d'aider… de voyager autrement que dans la consommation pure et dure.

Un regard échangé. « Es-tu prêt à te marier avec moi pour ces quatre-vingts jours ? », me demande amusé Muammer. Un oui franc résonne en retour. Je suis bien conscient que cette plaisanterie reflète le pacte que nous venons de sceller et que nous nous engageons pour le pire comme le meilleur.

Aujourd'hui tout s'accélère, on se laisse emporter dans le tourbillon des émotions. Les « au revoir » avec la famille et les amis, l'appréhension, un peu, l'excitation, surtout. La soif de découvrir le monde, de partir à la rencontre des gens. De bousculer les règles, de surprendre, de provoquer et de donner en retour. De voyager différemment.

Le Champ-de-Mars se déroule là, devant nous. Paris, majestueuse, nous ouvre les bras, et pourtant, pas de temps à perdre pour atteindre l'objectif de cette première journée : Strasbourg, à 500 kilomètres de là.

Histoire de prendre le pouls de la ville, nous entrons dans une brasserie. Le ton est donné, tout le monde s'affaire à l'intérieur. Nous mettons nous aussi la main à la pâte – savoir couper des échalotes est un talent précieux ! – en échange d'un café partagé avec l'un des cuisiniers. Dehors, la course contre la montre reprend. Voitures, bus, taxis, tous les conducteurs sont pressés, pris, fermés et peu attentifs. Le stress parisien ? On l'observe l'air amusé, mais il n'aura aucune emprise sur nous. Et visiblement, nous ne sommes pas les seuls à tenir cette position.

Guillaume, Julien et leurs collègues consultants en finance s'apprêtent à passer leur pause déjeuner en pique-niquant au Champ-de-Mars. Spontanément, ils nous invitent à nous joindre à eux et à partager leur repas.

L'aventure est lancée. De plaisanteries en discussions plus sérieuses, la rencontre s'opère. On se nourrit de ce premier véritable échange. Ils nous proposent alors de nous offrir un tuk-tuk[1] pour quitter enfin notre point de départ. Heureux de pouvoir prendre la route, on enfourche à tour de rôle la monture en direction d'une station de métro avoisinante. La Seine glisse à nos côtés, le mur végétal du musée du quai Branly nous donne des ailes. Notre fougue nous joue des tours et le tuk-tuk ne résiste pas longtemps. Roussel, son propriétaire, ne nous en tient pas rigueur…

Quitter la capitale n'est pas une mince affaire, mais des ondes positives nous portent. Grâce au concours d'Hafida qui nous offre deux titres de transport, nous atteignons l'est de Paris. À Bercy, la rencontre avec Kevin est déterminante. Ce jeune père de famille fait un détour pour nous conduire à la première station essence sur l'autoroute qui mène à Strasbourg. Selon nos estimations, une moyenne de 300 kilomètres par jour est la cadence idéale pour remplir notre

1. Le tuk-tuk (prononcer touk-touk) est un tricycle motorisé d'origine thaïlandaise, qui sert de taxi. Il est constitué d'un scooter avec une roue avant et se prolonge à l'arrière, sur deux roues, par une carriole recouverte d'une capote plus ou moins bigarrée – à Paris, elle sert de support publicitaire –, dans laquelle s'assoient les passagers. Le tuk-tuk est généralement prévu pour deux personnes, mais trois peuvent y prendre place.

objectif final. Nous essuyons quelques refus, puis Azi nous avance de quelques kilomètres et Paul nous emmène ensuite jusqu'à Reims. Étudiant en médecine, en route pour les vendanges, il distille sa bonne humeur et prodigue ses encouragements. Ses paroles, mélange d'insouciance et de sagesse, nous étonnent et nous vont droit au cœur. Les surprises continuent avec Razak jusqu'à Metz et Bernard jusqu'à notre destination. Le premier, d'origine pakistanaise, nous rassure sur les a priori concernant son pays et son affirmation quant au possible aboutissement de notre projet résonne dans nos têtes : « Il faut savoir rester humble et humain. » Des mots justes, tout simplement. Bernard, notre deuxième chauffeur, nous accompagne au pied de la cathédrale de Strasbourg, lui qui n'avait jusqu'alors jamais pris d'auto-stoppeur.

Arrivés tardivement dans la ville, nous goûtons à l'ambiance encore estivale. Autour de nous, la pleine lune éclaire les ruelles et souligne les maisons à colombages. Les groupes nous dépassent, les échanges commencent mais s'arrêtent bien vite. On tâtonne, tout de même, pour trouver un hébergement et de la nourriture.

C'était sans compter sur l'apparition de Gina et Nathalie. Les deux amies, sourire aux lèvres, joliment apprêtées et profitant de leur soirée, nous accordent tout de suite leur intérêt. D'une ouverture d'esprit incroyable et d'une confiance troublante, elles nous entraînent pour aller manger et Gina nous accueille chez elle, naturellement.

Les clés de l'aventure nous sont bel et bien remises. Nous le savions et en avons maintenant la preuve, ce sont les rencontres et les échanges qui rythmeront et baliseront notre trajet. Paris-Strasbourg, une première étape pleine de promesses pour la suite du voyage.

### *Jour 2 - mercredi 10 septembre 2014, Strasbourg-Munich, Allemagne*

Réveil ensoleillé chez Gina à Strasbourg, un sentiment étrange pour Muammer, originaire de la ville. Évoluer dans un environnement familier tout en restant dans le cadre posé par le défi Optimistic Traveler, à savoir ne pas utiliser nos contacts pour trouver un hébergement ou de la nourriture, ne s'avère pas chose facile. Toutefois, le petit-déjeuner – cafés et croissants offerts généreusement par la délicieuse boulangerie au coin de l'immeuble – nous change rapidement les idées. Partager une vision du bonheur, une philosophie de vie, rien de tel pour recentrer et apaiser les esprits.

Visiblement marquée par notre rencontre, Gina décide de faire un bout de chemin avec nous. D'interviews radio et télé aux séances de jonglerie et d'équilibre dans le parc, de conversations à la collecte de fruits, de légumes et de pain chez les producteurs du marché, sa présence est pour nous très précieuse. Sa force tranquille et sa générosité sans faille sont de véritables cadeaux.

Le moment est venu de quitter la ville. Hasard ou coïncidence, la vie nous met rapidement sur le chemin de Victoria qui, en échange du nettoyage de son pare-brise dans les règles de l'art, nous emmène à Kehl, en Allemagne, à quelques kilomètres.

D'ici, l'auto-stop commence.

Au volant de la première voiture : Thomas, amateur de rallyes, qui met sa passion au service d'actions humanitaires, notamment en Afrique. Deuxième voiture, notre conductrice, d'abord réticente, s'ouvre peu à peu et se révèle être une ancienne actrice. Troisième voiture, c'est au tour d'une mère et de sa fille, très réservées quant au fait de prendre en stop de parfaits inconnus, de nous avancer. Quatrième et dernière voiture, Michal, commercial, nous emmène avec bienveillance et gentillesse jusque dans le centre de Munich.

Il est déjà tard et la soirée est bien entamée mais l'invitation d'un groupe composé de multiples nationalités à venir les rejoindre dans le restaurant mexicain auquel nous faisons face ne se refuse pas. L'ambiance enjouée nous porte pendant des heures. Et si nous ne savons encore malheureusement pas où dormir le soir-même, l'aide et les encouragements de chacun nous sont précieux.

À plus de minuit, nous nous mettons hâtivement à la recherche d'un logement. Le passage de Marie, française, et de Miguel, suisse, nous délivre de l'inquiétude qui commençait à nous gagner. Après une longue hésitation et plusieurs rebondissements, Marie accepte de nous accueillir dans sa chambre, au cœur d'une résidence étudiante. N'ayant pas l'autorisation d'y dormir, nous nous ferons le plus discrets possible pour éviter tout problème à notre hôtesse.

Strasbourg-Munich, 364 kilomètres parcourus. Pari remporté, non sans difficultés, pour cette deuxième journée. La route est jonchée de refus, ponctuée de longues attentes, de remises en question. Nous entrons véritablement dans le vif du sujet, l'aventure se met en place. L'effervescence est là, la curiosité nous porte. Mais des ajustements sont nécessaires. Ne pas se laisser déstabiliser par certains comportements ou attitudes négatives. Ne pas brûler trop vite notre énergie et, au contraire, apprendre à la préserver. Ne s'attendre à rien, se laisser surprendre. Savourer les rencontres, s'étonner quant à la diversité des profils croisés. Et sourire en repensant aux paroles de Gina : « Ma vision du bonheur ? Vivre l'instant présent et être bien entourée. »

## *Jour 3 - jeudi 11 septembre 2014, Munich-Linz, Autriche*

Dormir à même le sol, ressentir le froid et passer une nuit agitée… Les aléas du voyage commencent doucement à sortir de l'ombre. La routine se met en place, comme celle, quoique contraignante, de veiller chaque soir à recharger les batteries de nos appareils, trouver de l'eau que nous filtrons, laver nos chaussettes et sous-vêtements puis de rassembler le lendemain matin l'ensemble de l'équipement et les affaires souvent encore humides… Se réveiller à l'abri de la pluie et du vent, dans une ville étrangère, grâce à l'hospitalité de jeunes étudiants, est toutefois plus que réconfortant. Jusque-là, la chance nous sourit. De quoi attaquer énergiquement cette troisième journée.

Des énergies qui partent parfois dans des directions opposées. Voyager en binôme impose un certain rythme, et fonctionner en symbiose nous demande un peu d'entraînement. Nous ne couperons pas à quelques divergences sur la stratégie à emprunter pour avancer dans notre parcours.

Découvrir Munich à pied, ses axes touristiques et ses parcs, flâner en se laissant porter par les envies du moment, voilà qui sied parfaitement à Milan. Au contraire, je suis d'avis de quitter au plus vite la ville pour ne pas arriver trop tard dans la soirée à Vienne, destination du jour.

Qui a raison, qui a tort ? Pas de ça entre nous, juste des compromis, en espérant qu'ils mènent aux bonnes décisions. Aujourd'hui et les soixante-dix-sept prochains jours, cela va sans dire. Savoir rester optimiste, toujours !

Les rues pavées nous amènent au centre-ville. L'architecture typique de la Bavière, églises en tête, attire notre regard, les musiciens de rue enchantent nos oreilles, mais c'est au Jardin anglais[1] que nous passerons le plus clair de notre temps – sa superficie n'y étant pas pour rien – avant de prendre la route.

Trouver la bonne direction, arrêter les voitures, prendre la parole, susciter l'intérêt, adopter l'attitude appropriée, s'immiscer dans l'intimité des gens : tel est dorénavant notre quotidien.

Il s'agit de s'armer de patience. Parfois, le hasard fait bien les choses. Comme de se faire prendre en stop par un jeune commercial passionné de snowboard et de voyages. Jonas est de ces personnes qui, instantanément, ouvrent leur porte – celle de sa belle-famille et de leur restaurant asiatique également, en l'occurrence ! –,

1. Le Jardin anglais de Munich, ou Englischer Garten, fait partie des plus grands jardins paysagers du monde (plus vaste que Central Park à New York et Hyde Park à Londres).

leur cœur et rendent bien plus qu'un service. Ouverture d'esprit et générosité, il semble que ces qualités vont nous accompagner dans bien des contrées.

D'autres fois, l'échange est plus difficile. Quand les conditions météorologiques ne sont pas au beau fixe, que l'attente a été longue, et que l'on se rend compte que, une fois en voiture, la situation ne nous plaît pas. Assister à une virulente dispute de couple ou déclencher le sentiment de peur chez une passagère mettent mal à l'aise et ne sont pas des plus agréables. À regret certes, car l'on ne se défait pas aussi facilement du challenge que l'on s'est imposé, nous décidons de trouver un autre véhicule.

Malgré une journée ponctuée de désaccords et d'échecs – nous n'atteignons pas Vienne mais posons nos sacs à Linz –, chaque moment partagé nous reste en mémoire. Les prénoms défilent : Maria, Miguel, Jonas, Anna, Irina, Ali, Harun, Habib… Les histoires de chacun, bien souvent plus complexes que nous ne l'aurions imaginé, s'impriment en nous. Nous recueillons les confidences comme autant de marques de confiance. Des révélations qui nous touchent, nous déstabilisent. L'un parfois plus que l'autre, la barrière de la langue pouvant agir comme un filtre. Milan, qui parle allemand, se retrouve aujourd'hui en première ligne face à ces confessions bouleversantes.

Les émotions montent, le challenge prend une autre dimension.

Nous passons d'une vie à l'autre, comme d'un véhicule à un autre. Un sentiment d'humilité. Une mise en perspective.

Voyager différemment, définitivement. Et avec cela, l'impatience de découvrir ce que nous réserve l'avenir.

## *Jour 4 - vendredi 12 septembre 2014, Linz-Budapest, Hongrie*

Une nuit dans l'aventure Optimistic Traveler, c'est aussi un voyage au cœur de cultures étrangères. Nous avons beau nous trouver à Linz, en Autriche, c'est pour l'Afghanistan que nous nous envolons, grâce à nos hôtes.

Harun, Ali et Habib partagent un appartement et un passé mouvementé. Ancien traducteur interprète pour l'armée américaine, Habib s'est vu contraint de quitter son pays pour des raisons de sécurité, et a dû régler une somme d'argent importante impliquant aujourd'hui un avenir financier et professionnel incertain. Ali et Harun ont, eux aussi, connu un périple long et épuisant avant d'arriver jusqu'à Linz. Pourtant, joie de vivre et hospitalité ne leur font pas défaut. À peine sommes-nous réveillés qu'Ali nous invite à prendre le petit-déjeuner dans le salon. Assis sur des tapis, nous profitons encore un instant de cette agréable rencontre. Comme s'il n'en avait pas déjà assez fait, Ali nous conduit dans la matinée à la première station essence sur la route de Budapest et ne nous quitte qu'après un dernier café et une fois assuré qu'une voiture nous a pris en stop.

Le voyage continue vers l'est jusqu'à Vienne, avec Rebeka et Laurentiu, tous deux d'origine roumaine. L'état d'esprit chargé de positivité et l'enthousiasme marquent définitivement le déroulement de la journée.

Le temps de trouver un nouveau véhicule, nous saisissons l'occasion de faire de nouvelles rencontres. Et de partager notre amour pour la musique et le show, jongleries comprises, avec un groupe d'auto-stoppeurs en route pour un festival. Là encore, nous réalisons que nos valeurs et nos positions sont communes à bien des personnes qui croisent notre chemin. Il en est de même pour Ali, turc, et Karina, hongroise, avec qui nous roulons des heures durant jusqu'à Budapest. Le partage et l'échange, telle est la richesse la plus importante que nous nous devons de préserver.

Pour la première fois depuis notre départ, nous arrivons à destination en fin d'après-midi, alors qu'il fait encore jour.

Dix-sept heures, Budapest, Hongrie. La ville dévoile ses charmes, son architecture, ses trésors. Le soleil se couche sur le Danube et nous offre un spectacle magique. Aux dernières lueurs du jour, nous retrouvons Philippe qui nous a contactés grâce aux réseaux sociaux. Captivé par notre projet et attentif à notre parcours, il décide de nous aider pendant notre passage dans la capitale hongroise en faisant également appel à l'un de ses amis. Balade en voiture dans la ville, dîner en terrasse dans un restaurant kurde et soirée dans un quartier animé. Il fait bon vivre ici. D'autant plus lorsque l'on est guidé par la bienveillance et la générosité de personnes qui étaient encore des inconnus quelques heures auparavant.

Des gestes, toujours. Philippe, passant devant une épicerie, décide de faire des courses pour que nous ayons tout ce qu'il faut pour notre petit-déjeuner le lendemain matin. Hervé, son ami, nous donne les clés de son appartement pour la nuit. Un appartement rien que pour nous, c'est à peine croyable. Et muni d'une machine à laver… Nous nageons tout bonnement en plein rêve !

Quatrième journée sur la route. La chaleur humaine, les énergies positives. Le confort d'une habitation. Optimistic Traveler est né sous une bonne étoile.

## *Jour 5 - samedi 13 septembre 2014, Budapest-Frontière de la Roumanie*

Bien reposés, nous profitons de la matinée en compagnie de Philippe et de ses jeunes enfants. La complicité et les rires partagés avec eux pendant mes démonstrations de diabolo rechargent nos batteries. Nous retrouvons Hervé et sa fille pour un café, l'occasion de le remercier une nouvelle fois pour son hospitalité.

Philippe, lui, n'en a pas fini avec nous. Ravi de pouvoir nous faire découvrir Budapest, sa ville d'adoption depuis plus de vingt ans, il ne manque aucune attraction. D'une balade sur les rives du Danube au parlement hongrois, d'un immeuble désaffecté, terrain de jeu des graffeurs, à la place des Héros, nous profitons de chaque endroit. Une dernière pause dans un café où l'atmosphère évoque celle des cafés viennois et nous prenons la route. Philippe nous dépose à une station-service sur l'axe en direction de Belgrade pour nous faciliter la recherche d'un véhicule.

Une belle idée qui tourne court.

Ce ne sont pas les refus – multiples – qui modifient notre plan, mais plutôt la réaction des employés de la station. Face à notre démarche et à la caméra que nous avons constamment au poing, ils appellent carrément la police. Une initiative délicate qui nous fait prendre nos jambes à notre cou. Heureusement que Philippe était encore dans les parages ! Il nous sort de cette mauvaise passe et nous emmène à la station suivante.

Le passage y étant moins fréquent, nous nous dirigeons vers le restaurant turc attenant. À l'intérieur, nous tombons dans un autre monde, celui des chauffeurs routiers. Nous entamons les discussions et les négociations, et la réponse ne se fait pas attendre. Aytaç veut bien nous embarquer, « à nos risques et périls ». Une fois à bord du camion, nous comprenons ce qu'il entendait par là. Avec plus de 700 000 kilomètres au compteur, l'engin peut éventuellement décider de s'arrêter d'un moment à l'autre.

Mais nous n'en sommes pas là, pour l'instant, et nous prenons la route.

Installé sur la banquette derrière les sièges, j'en profite pour me reposer. C'est à mon tour de connaître les difficultés de la barrière de la langue qui s'ancrent d'autant plus dans notre quotidien à l'approche de la Turquie. Si l'un comme l'autre nous jouons le rôle d'interprète, l'exclusion à certains moments est inévitable.

Pendant ce temps, Muammer suscite les confidences du chauffeur en échangeant en turc avec lui.

Aytaç partage sa vie de routier et raconte les histoires récurrentes de pots-de-vin avec les policiers de la région. Le courant passe bien et nous envisageons de faire avec lui les 900 kilomètres qui nous séparent d'Istanbul.

Une autre belle idée qui tourne court.

Tout bascule lorsque les policiers arrêtent notre camion pour un contrôle de vignette. Sous une pluie battante, nous sommes escortés jusqu'au poste où Aytaç, mal en point et culpabilisant, doit s'acquitter d'une amende de 600 euros et se voit contraint d'immobiliser son véhicule pendant deux jours.

Il fait nuit noire et, trempés jusqu'aux os, nous traversons à pied la frontière hongro-roumaine. Nous récupérons nos précieux passeports après une heure d'attente et de doutes. Les savoir un instant entre les mains d'étrangers soulève la crainte de voir le challenge réduit à néant pour une question de papiers... Il est définitivement peu recommandé de filmer par ici, la police n'est jamais bien loin, et les difficultés éprouvées face à la langue roumaine ne nous aident pas à communiquer.

Les heures passent, la fatigue se fait sentir, l'impatience également. Plusieurs possibilités sont envisageables. Trouver un hébergement pour la nuit, dormir peu confortablement dans le camion immobilisé d'Aytaç, ou continuer notre route…

### Jour 6 - dimanche 14 septembre 2014, frontière roumaine-Bucarest, Roumanie

Dans la nuit, le dénouement tombe enfin. La chance nous sourit de nouveau après quelques rencontres louches ne présageant rien de bon, et nous prenons la direction de Bucarest avec un couple roumain, Nicu et Catalina.

D'origine tzigane, Nicu est sociologue. Ses dernières recherches ont abouti à un documentaire sur l'émigration roumaine, avec en toile de fond la confrontation du mythe à la réalité qui s'apparente davantage pour lui à une forme de déportation. Ces échanges enrichissants se poursuivent une partie de la nuit, entrecoupés d'épisodes plus rocambolesques où l'on se démène pour retrouver notre chemin après de multiples déviations.

Le voyage continue. La route est longue, la nuit paraît interminable. Au petit jour, enfin, la lumière vient chasser l'obscurité. Nous enchaînons les pauses pour ne pas épuiser notre conducteur. La bonne humeur nous tient compagnie.

Les paysages industriels, souvent à l'abandon, se succèdent. Le soleil monte peu à peu dans le ciel, la nature et la campagne roumaines reprennent leurs droits face aux usines. Une dernière sieste dans l'herbe et nous atteignons enfin notre destination, Bucarest.

La périphérie de la ville ne manque pas de nous rappeler les vestiges de l'époque communiste. Mais lorsque l'on rejoint le centre-ville, nous découvrons aussi des trésors d'architecture. Art nouveau ou Bahaus, bien des courants se retrouvent dans les rues de Bucarest.

Nicu et Catalina nous déposent près d'une grande avenue engageante. Quelques minutes s'écoulent, lorsque nous voyons arriver une voiture qui se gare à notre niveau. À son bord, deux jeunes gens avenants qui nous invitent à prendre un café. Installé sur une grande terrasse, notre équipement photographique provoque l'intérêt de deux amateurs qui engagent la discussion et nous offrent nos consommations. Plus loin, c'est la communauté turque qui nous témoigne son hospitalité. Le patron d'un restaurant dans lequel nous entrons nous gratifie d'un repas succulent – chaud et complet, le premier depuis plus de vingt-quatre heures – sans même accepter que l'on travaille en échange.

Une rencontre peu commune avec Aurélien, professeur de français et philosophe à ses heures, nous guide jusqu'à l'auberge de jeunesse The Little Bucharest. Luanna nous y accueille, mais la possibilité d'y poser nos sacs pour la nuit demeure incertaine. Elle obtient tout de même l'aval de son responsable, ce qui nous met en joie.

Au détour des couloirs de l'auberge, nous ne manquons pas de faire de nouvelles connaissances. À l'extérieur également, comme ce Français, magicien et photographe, qui parcourt lui aussi le monde pour offrir des spectacles aux enfants défavorisés. Une jolie histoire.

Sur la place voisine se tient, en soirée, un festival de rue. La musique résonne, l'ambiance nous transporte et il n'en faut pas plus pour que Milan se lance dans un show endiablé de diabolo. Au son de la flûte et du piano, il exécute une chorégraphie qui captive la foule. Notre aventure est contée par l'animateur qui passe le micro à Milan et nous nous voyons invités à dîner par Gilbert, un spectateur passionné. Une invitation en accord avec notre volonté de privilégier les échanges aux tête-à-tête.

Après une étape bien remplie, nous rentrons à l'auberge nous coucher sans tarder. Les kilomètres n'attendent pas, la reprise du challenge est prévue de bonne heure le lendemain.

### *Jour 7 - lundi 15 septembre 2014, Bucarest-Istanbul, Turquie*

Comme convenu, nous partons de l'auberge avec Goran pour prendre le petit-déjeuner. Nous passons ensemble une partie de la matinée, puis nous nous hâtons de reprendre la route.

Quelle direction prendre pour sortir de la ville ? Faut-il partir au sud ? À l'est ? Nous tâtonnons et nous rendons compte que l'égarement de notre carte de l'Europe en début de parcours et le manque de préparation de l'itinéraire sont une perte de temps puisqu'il nous faut chaque jour chercher les informations auprès des locaux. À bon entendeur…

Par chance, nos errances nous mènent droit au bien nommé restaurant Istanbul. Nous y voyons un signe et pénétrons à l'intérieur. Nihat, un client, nous installe devant un thé et discute longuement avec nous. Il nous parle d'un car qui effectue la liaison Bucarest-Istanbul et nous annonce qu'il va lui-même nous accompagner à la station. Un détour par son appartement plus tard et nous arrivons, non pas à la gare routière, mais dans un local mêlant garage et habitation.

Dès que Nihat dépeint notre aventure, son ami Mehmet, le propriétaire des lieux, et son collègue promettent de nous aider. Toutefois, ils ne sont pas pressés, le prochain départ pour Istanbul n'est que dans quelques heures. Tout est une question de point de vue. Quelques heures donc que nous passerons avec cette joyeuse communauté et pendant lesquelles nous ferons une partie de football dans le parc voisin et profiterons d'un repas. Le partage et l'hospitalité, toujours.

Lorsque nous rejoignons enfin la gare, nos amis achètent un billet et le patron de la compagnie de bus nous offre le second. C'est maintenant officiel, nous partons pour la Turquie. L'émotion nous gagne, nous ne savons que dire devant tant de générosité. Nous remercions vivement nos bienfaiteurs et prenons place à bord.

Bucarest s'efface peu à peu dans notre dos. Le coucher de soleil éclaire notre route. Très vite, nous nous faisons au rythme saccadé des voyages en bus. Les multiples arrêts ponctuent notre avancée. Nous profitons des pauses pour entamer des échanges avec un de nos voisins, Julius. Le bus redémarre. Nous traversons la Bulgarie, d'abord. Puis, au milieu de la nuit, nous atteignons le poste frontière tant attendu.

La Turquie.

### *Jour 8 - mardi 16 septembre 2014, Istanbul, Turquie*

À 3 heures du matin, c'est à Istanbul que nous débarquons. Je ne peux m'empêcher de dire à Milan que c'est, pour moi, la plus belle ville du monde. Mais l'excitation due au franchissement d'une nouvelle étape retombe aussi vite qu'elle est montée. Quelques minutes hors du bus pour nous rafraîchir suffisent à une personne mal intentionnée pour fouiller nos sacs et s'emparer d'un joli butin. Résultat de l'affaire : une caméra, deux objectifs, un flash et des batteries en moins. Notre équipement en prend un coup, notre moral aussi.

Nous passons plusieurs heures à recueillir les témoignages du chauffeur et des passagers. Celui de Julius, notamment, nous est précieux. S'ensuit un passage au poste de police pour la déposition. Acte qui, entre nous, ne fait pas avancer l'affaire et soulève d'ailleurs en premier lieu des tensions avec les officiers. Elles finissent toutefois par se dissiper et laisser place aux plaisanteries et à la bonne humeur. Voilà comment nous en arrivons, à 5 heures du matin, à nous prendre en photo avec des policiers turcs !

L'amertume point, mais l'aventure doit continuer. Qui n'a pas dans ses bagages des anecdotes de voyage de ce type ? Au moins, nous pouvons nous dire que notre arrivée à Istanbul n'est pas passée inaperçue…

Le jour est enfin levé. Le temps est resplendissant et nos flâneries autour de la mosquée Bleue, l'église Sainte-Sophie et le palais de Topkapi et ses jardins nous mettent du baume au cœur. Afin de booster notre optimisme légendaire, nous demandons à de jeunes lycéens de nous lancer un défi pour la journée. Le challenge tombe immédiatement : essayer de dormir gratuitement dans un hôtel de luxe. Pari tenu.

Une transformation, chemise blanche et nœud papillon, s'impose. Autant mettre toutes les chances de notre côté. Le premier hôtel dans lequel nous nous présentons nous réserve étonnamment un bon accueil, mais le réceptionniste ne peut s'engager en l'absence de son manager. Deuxième essai. Hôtel Armada, quatre étoiles à son actif. La discussion se prolonge, on nous propose des jus de fruits et soudain la responsable nous attribue une chambre tout confort et nous conduit à la salle du petit-déjeuner où la simple vue du buffet nous met l'eau à la bouche.

Nous profitons du calme des lieux pour récupérer de la nuit passée dans le bus et répondre aux quelques médias qui nous ont contactés. En fin d'après-midi, nous sortons explorer l'enchevêtrement des ruelles du quartier Sultanahmet où nous nous trouvons. Nous goûtons à la douceur de vivre stambouliote, prenons un thé dans un hammam, faisons tailler nos barbes chez un vieux barbier. Tout cela, bien sûr, grâce à la générosité et à la sympathie des personnes qu'il nous est donné de rencontrer et qui sans cesse agrémentent leurs gestes du dicton turc « *her sey para deyil* », littéralement « tout n'est pas argent ».

À la nuit tombée, le quartier touristique et cosmopolite s'anime bien plus encore. Les restaurants ne désemplissent pas, et si nous ne dénichons pas de repas ce soir-là, un marchand de glaces installé dans un parc nous offre des cornets aux parfums chocolat et vanille après un tour de prestidigitation mémorable. De quoi apaiser notre faim et nous endormir sur de beaux souvenirs.

## *Jour 9 - mercredi 17 septembre 2014, Istanbul-Ankara, Turquie*

C'est relaxés et enjoués que nous entamons cette nouvelle journée en terre orientale. Nous passons remercier Nedim une dernière fois, à la réception de l'hôtel, et nous nous dirigeons vers le port. Grâce à de jeunes Hollandais, nous embarquons à bord du ferry pour l'Anatolie. En quittant les eaux du Bosphore, la tour de Galata, vestige du XIII^e^ siècle, nous salue. Nous voguons à présent sur la mer de Marmara, laissant l'Europe derrière nous.

# DE L'EUROPE À LA TURQUIE

huit jours = 3 008 km

L'objectif est d'atteindre le soir même Ankara, la capitale, à près de 450 kilomètres. Nous commençons nos repérages et nos démarchages à peine arrivés sur le pont. Malheureusement, aucun véhicule n'a prévu de faire une aussi longue route. Une fois à quai, c'est la même rengaine. Des routiers nous offrent volontiers un thé et un beignet, mais rien n'y fait, nous peinons à sortir de la ville. Lorsque soudain nous voyons s'approcher une vieille mais rutilante Coccinelle couleur bleu ciel. À l'intérieur, un jeune couple, tout sourire, accepte de nous dépanner et de nous emmener un peu plus loin, sur l'autoroute, en direction d'Ankara.

Une fois que la voiture nous a déposés sur le bas-côté, les choses se compliquent pour nous. L'axe est extrêmement passant, mais il semble difficile de pouvoir y arrêter un véhicule. Nous rejoignons tant bien que mal une station essence proche, puis négocions – en vain – avec une compagnie de bus dont le local est implanté là, et entrons finalement dans un petit restaurant. La rencontre avec Yahya, chauffeur routier depuis douze ans, marié et père de deux enfants, change favorablement le cours de la journée. Ravis, nous prenons la route avec lui qui n'avait à ce jour jamais embarqué d'auto-stoppeurs.

Le rythme reprend. L'asphalte se déroule jusqu'à l'horizon. Nous longeons la côte, les cargos ponctuent le paysage marin. Le temps est long, nous en profitons pour nous reposer à tour de rôle sur la banquette. La nuit tombe et amène la pluie. Vers 22 heures, nous bifurquons sur une aire de repos. Nous sommes encore à deux ou trois heures d'Ankara, mais c'est ici que notre chemin se sépare de celui de Yahya.

Avant de repartir, il glisse un mot ou deux au responsable du restaurant et à quelques collègues routiers. Sa première expérience avec des auto-stoppeurs semble l'avoir conquis et s'il peut nous aider à trouver un nouveau véhicule, il sera rassuré. La tâche est néanmoins plus délicate que prévu. Gürhan nous offre un repas dans son établissement, mais les chauffeurs reprennent la route sans nous.

Arriverons-nous à Ankara avant le lever du jour ?

## *Jour 10 - jeudi 18 septembre 2014, Ankara-Göreme, Turquie*

Sahaddetin nous sauve d'une nuit sur l'aire d'autoroute. Vers 1 heure du matin, nous filons enfin vers Ankara à bord de son camion. Spontanément, il nous ouvre sa cabine – d'une propreté exemplaire – et de la même façon, son intimité. Sahaddetin parle peu, il préfère se concentrer sur la route. Tour à tour nous sommeillons, installés confortablement sur le matelas qui sert de lit d'appoint dissimulé par un épais rideau, derrière les sièges.

Nous avançons dans l'obscurité. Pressé, Sahaddetin file en direction d'Ankara où il est attendu. Nous l'accompagnons jusqu'à l'adresse de livraison de son chargement. L'occasion pour nous de l'aider en retour et de débarquer, du camion à l'entrepôt, les nombreuses palettes de produits laitiers et d'ayran[1], la boisson lactée favorite des Turcs. Sahaddetin nous dépose ensuite aux abords de la ville endormie. Perdus dans le sombre labyrinthe des avenues, nous sommes remis sur le bon chemin par plusieurs chauffeurs de taxi qui nous embarquent gratuitement. Sur leurs conseils, nous rejoignons la mosquée Kocatepe. Il est 5 heures du matin, nous poussons la grande porte, pénétrons à l'intérieur et nous endormons aussitôt sur les tapis pour seulement trois ou quatre heures.

Le réveil est presque irréel. Nous découvrons les lieux à la lumière du jour. Ces piliers colossaux, ces mosaïques colorées, ces entrelacs

1. Recette pour deux grands verres (genre chope) : 15 cl de yaourt de chèvre ou de brebis (de vache, ça marche aussi mais c'est moins traditionnel) ; 30 cl d'eau ; 1 pincée de sel. Versez le tout dans un mixeur. Mixez quelques secondes pour que le mélange soit bien mousseux. Servez frais !

hypnotisants… Nous sommes envoûtés et recueillis à la fois. Les découvertes se poursuivent toute la matinée. Nous prenons notre temps et flânons entre les étals de fruits, les boulangeries, les cafés et les kiosques à journaux. Une visite incontournable, celle de l'impressionnant mausolée d'Anitkabir, érigé en l'honneur du fondateur et premier président de la République de Turquie, Mustafa Kemal Atatürk. Une dernière pause sur le toit du musée à observer le panorama d'Ankara, et c'est le moment de repartir.

Pas à pas, de case en case comme dans un jeu de société, nous parvenons à sortir de la ville. Une première voiture nous amène à une station-service. Une deuxième nous avance un peu plus. Un bus, cette fois, nous dépose à la station suivante où nous commençons à approcher les clients. Nous tirons, à ce moment-là, la carte bonus. Au même moment, Nesrin, captivée par notre voyage autour du monde, donne à Muammer le contact d'une de ses amies qui réside à Uçhisar, en Cappadoce, et je rencontre de mon côté Mohammed et Asker qui acceptent immédiatement de nous prendre à bord de leur berline. Non seulement nous sommes maintenant assurés de parcourir un bon nombre de kilomètres, mais nous avons également une piste d'hébergement pour la nuit. L'optimisme paie.

Nous roulons à vive allure en direction d'Adana avec nos nouveaux compagnons. D'origine tchétchène, ils ne parlent pas un mot de turc, d'anglais ni aucune des trois autres langues que nous avons, à nous deux, à notre actif. Et pourtant, grâce à une astucieuse application sur leur smartphone, un logiciel de traduction instantanée, nous parvenons à converser. Le bienfait des nouvelles technologies ! C'est d'ailleurs par ce même truchement qu'a lieu notre rencontre improbable : « *How can I help you my friend ?* » La voix de robot résonne encore dans nos oreilles, la surprise est totale.

D'une générosité sans faille, ils nous invitent à déjeuner. Le téléphone passe de main en main, notre étonnement grandit, mais au final, nous nous y retrouvons dans ce système de communication peu ordinaire. Nous reprenons la route. Les champs s'étendent à perte de vue de chaque côté, les reliefs se découpent à l'horizon. Nous nous arrêtons un instant sur les rives du lac Tuz. Ses eaux salines s'évaporent lors des saisons chaudes et nous avançons délicatement sur cette étendue de sable aux airs de mirage. La luminosité est éblouissante, l'émotion nous envahit.

Elle n'en est que plus grande lorsque Asker et Mohammed nous annoncent qu'ils sont prêts à faire un détour de 150 kilomètres pour nous amener jusqu'à notre point de rendez-vous, à Göreme. Nous n'en revenons pas.

Et nous voici en Cappadoce, attablés avec nos amis autour de spécialités turques. L'application du téléphone fonctionne plus que jamais. Nous apprenons à nous connaître et, curieux, nous leur demandons pourquoi ils font preuve de tant de générosité à notre égard. Ce à quoi ils répondent :

– Nous sommes croyants et il est pour nous évident d'aider notre prochain. Si une personne sur notre route est dans le besoin, nous ne la laissons pas de côté.

Avant d'ajouter :

– Vous êtes définitivement les compagnons de route les plus intéressants et captivants qu'il nous ait été donné de rencontrer.

Une belle rencontre pour nous également. Un riche échange. Profond, simple, magique.

Asli, l'amie de Nesrin, nous rejoint à présent. Son dynamisme et sa convivialité frappent immédiatement. Il n'en faut pas plus pour convaincre Mohammed et Asker : selon eux, nous sommes entre de bonnes mains, ils peuvent s'en aller l'esprit tranquille. Une attention de plus qui nous touche et nous fait sourire. Ils ne manquent pas, avant de partir, de nous faire promettre de rester en contact. Nous aurions du mal à agir autrement !

Nous les regardons s'éloigner et reprenons le cours de notre conversation avec Asli. Nous apprécions sa compagnie, ainsi que celle de son ami Ali, le reste de la soirée. La fatigue se fait sentir, nous rejoignons la chambre qu'il nous a aimablement réservée dans son hôtel, l'hôtel Kelebek.

La journée se clôt aussi paisiblement qu'elle a commencé au cœur de la mosquée.

### *Jour 11 - vendredi 19 septembre 2014, Göreme-Elazığ, Turquie*

Nous nous levons aux aurores avec une idée derrière la tête. Quitte à suivre les traces de Jules Verne et celles de Phileas Fogg, autant aller jusqu'au bout.

Nous arrivons sur le lieu de rassemblement de la compagnie Skyway alors que la lune brille encore dans le ciel. Il n'est que 5 heures du matin et la foule est déjà là. Alper, le responsable, nous promet de faire son possible, mais rien n'est certain. En effet, nous avons passé une partie de la nuit à chercher une place mais, malgré les cent montgolfières qui décollent chaque jour, nos efforts ont été vains. Sûrs de notre bonne étoile, nous nous sommes rendus sur place. Une bonne décision car une personne malade ne se présente pas et nous laisse ainsi une place pour accéder à un rêve commun, celui de s'élever dans les airs en montgolfière. Un tour en ballon, ces mots résonnent en nous et provoquent un tourbillon d'émotions. Comment décider ? Qui désigner ? Nous nous en remettons au hasard, ou à la chance. Je choisis pile, Muammer face. La pièce tournoie, puis tombe sur le sol. Verdict.

Pile.

Je m'élance et prends place dans la nacelle. À chaque propulsion de flamme, l'air chaud gonfle la toile et le ballon prend de l'altitude. La montgolfière survole le parc national de Göreme, effleure presque les reliefs érodés et les fameuses cheminées de fée. Le jour se lève et le paysage est magnifique. La multitude de ballons multicolores contraste dans ce décor rocailleux. L'immensité est saisissante, apaisante. Le ballet se poursuit pendant près d'une heure avant de retrouver le sol, et la réalité. Il faut alors dompter les monstres de toile, une délicate opération. De retour sur la terre ferme, nous reformons notre duo.

Je raconte mes impressions, puis nous retrouvons Ali qui nous avait accueillis la veille. Nous parcourons ses terres ancestrales à bord de son tracteur, avant de rejoindre une véritable oasis au cœur des habitations troglodytes. Son petit paradis dans lequel il se verrait bien vieillir, nous confie-t-il. Sous une végétation verdoyante, nous partageons son petit-déjeuner. Fruits frais et fruits secs, légumes, fromage et miel, le tout accompagné d'un thé fumant, un délice pour les sens. Des instants mémorables en Cappadoce.

Nous remercions nos hôtes, saluons les voyageurs également présents et reprenons la route. Le challenge avant tout.

De nouveau seuls, nous replongeons dans le doute. L'attente et l'incertitude vont de pair. Nous multiplions les véhicules, avançons à pas de fourmi. Un tracteur nous emmène d'abord en dehors de Göreme. Puis, à notre grande surprise, une voiture de gendarmes nous dépanne. En rade à un carrefour, nous sommes sauvés par Ozkan, chauffeur routier. Nous découvrons un personnage et une cabine surprenante. Rideaux rouges, fleurs en tissu, peluches en porte-clés, la décoration n'est pas mise de côté ! Nous roulons en sa compagnie jusqu'à Kayseri, au son de la musique turque.

L'attente frappe encore. La fatigue la rejoint. Sur le bord de la route, nous avons peu de place et les passages se font rares. Mehmet et son chargement de béton nous dépose à la sortie de la ville. Ayhan nous prend dans sa voiture et nous laisse à une station-service. Le stop ne prend pas à cet endroit, nous alpaguons une deuxième voiture pour aller à la station suivante. L'impatience et la frustration nous guettent.

La délivrance arrive en la personne de Muharrem. Il va en direction d'Elaziğ, à 450 kilomètres de là. Nul besoin de dire que nous sautons de joie. Le long trajet est ponctué de rires, de confidences. Il nous parle de ses origines kurdes, de ses croyances, et nous rappelle que l'égalité est la plus belle des valeurs, même si le monde a tendance à l'oublier. Un message que l'on ne peut qu'approuver.

Nos chemins se séparent à Elaziğ. Peu après, nous croisons celui d'Emrah. Nous entamons la discussion et, très vite, il nous assure un hébergement. Dubitatifs vu la rapidité de la proposition, nous décidons tout de même de le suivre. Après une longue marche, nous découvrons l'appartement et faisons la connaissance des amis et colocataires, Muhammet, Yusuf et Hüseyin. Nous apprenons définitivement à faire confiance au destin. L'accueil ne se fait pas attendre, les acolytes nous font nous sentir comme chez nous dès les premières secondes. L'ambiance est détendue, la fin de soirée enjouée.

L'aventure nous comble de jour en jour. Les surprises et la magie des événements et des lieux nous transportent entièrement.

### *Jour 12 - samedi 20 septembre 2014, Elaziğ-Mus, Turquie*

Ce matin, la bonne humeur est au rendez-vous. Tout le monde est prêt, nous partons en voiture en direction d'Harput, la vieille ville historique dont Elaziğ est l'extension. Du haut de la montagne, sur les vestiges des remparts, nous surplombons la vallée. Sur la terrasse ensoleillée, nous dégustons un petit-déjeuner traditionnel turc à base de légumes, de fromages et d'olives, et surtout, nous apprécions un véritable moment de partage. Cet échange, comme tous ceux que nous avons dans notre aventure, est important pour nous. Mais – et c'est notre plus grand plaisir – il le devient également pour nos hôtes qui savourent cette rare occasion de passer du temps ensemble.

Leurs origines ont beau être différentes – le conflit historique qui oppose Turcs et Kurdes demeure présent dans les esprits, même si les mentalités ont évolué –, ils n'en restent pas moins égaux et humains avant tout. Leur fraternité est belle à voir, leurs sourires anéantissent les a priori.

À contrecœur, nous reprenons la route et rejoignons la gare routière d'Elaziğ. Emrah, Muhammet et Hüseyin sont prêts à nous offrir des billets, une proposition que l'on ne saurait refuser. Toutefois, le départ pour Van n'étant qu'à 22 heures, nous préférons opter pour le stop. L'optimisme ne nous fait pas défaut.

En place à notre poste stratégique – les stations-service à la sortie de la ville –, nous croisons les doigts pour que notre bonne étoile ne nous abandonne pas. La chaleur tombe, le vent soulève des nuages de poussière. Les voitures se font rares, très rares. Un camion surgit soudain, Muammer se précipite à la portière. À bord, un jeune conducteur qui accepte immédiatement de nous emmener pour les 150 prochains kilomètres. Une première étape.

Avec 52 tonnes de chargement de métal, nous avançons bien lentement. L'occasion nous est au moins donnée de profiter des paysages escarpés. Un peu trop d'ailleurs, puisqu'une panne de moteur nous immobilise un bon moment dans ce décor magnifique. Un peu d'huile de coude et nous voilà repartis, jusqu'à la prochaine interruption. Nous décidons alors de changer de véhicule et tombons sur Yunus. Routier, kurde et musulman, ce grand-père nous fait monter à bord de sa cabine. Enchanté de pouvoir partager un bout de route avec de la compagnie, il nous raconte sa vie, des anecdotes sur la route. Le soleil décline dans le ciel, la lumière dorée nous guide à travers les montagnes.

Nous nous arrêtons dans un petit village, à 30 kilomètres de Mus, pour décharger les sacs d'alimentation pour animaux que Yunus transporte. Nous lui filons un coup de main et attirons la curiosité des jeunes par la même occasion. Nous partageons un repas avec Yunus, toujours sous le regard des habitants du village. Fascinés par la caméra, les enfants reportent leur attention vers moi lorsque je dégaine mon diabolo. Par ce geste, une connexion immédiate s'établit avec les locaux. Les possibles craintes s'estompent, la confiance et les bonnes intentions transparaissent, les rires jaillissent. Le spectacle les ravit et ils en redemandent. L'art insuffle son pouvoir et casse les barrières.

La nuit est maintenant tombée, il est grand temps de reprendre la route. Nous arrivons peu après dans le centre-ville animé de Mus, grâce à un aimable chauffeur de taxi. Nous marchons un peu et allons à la rencontre d'un groupe de jeunes attablés autour d'une théière fumante. Lorsque nous évoquons notre recherche d'hébergement, ils nous indiquent tout naturellement la maison des enseignants, non loin de là, et nous invitent à les suivre. Au détour des rues, nous atteignons la résidence. Nous nous présentons, toujours accompagnés de nos guides, à la réception. Notre aventure interpelle le manager qui, navré, nous annonce pourtant qu'il affiche complet pour cause de conférence. Nous n'obtenons pas de chambre, mais il nous propose toutefois de nous installer sur des matelas dans une salle dédiée à la prière. Nous acceptons l'offre sur-le-champ.

Notre histoire se répand dans le hall de la résidence et de jeunes professeurs, intrigués, nous invitent aussitôt à ressortir boire un thé. Installés en terrasse, nous échangeons sur nos expériences, apprenons les uns des autres.

Les bonnes surprises ne cessent de ponctuer notre avancée en Turquie et contredisent tous les avertissements, notamment concernant notre sécurité, que nous avions reçus. La liberté, de penser et d'agir, et l'ouverture d'esprit sont ce que nous avons de plus cher. Ce soir-là, entourés de nouvelles connaissances, nous recevons une fois de plus la preuve que ces valeurs sont universelles.

### *Jour 13 - dimanche 21 septembre 2014, Mus-Ahlat, Turquie*

Nous retrouvons ce même groupe le lendemain matin dans la salle du petit-déjeuner. Les discussions vont bon train, l'énergie est communicative. Recep nous rejoint, sourire aux lèvres, et nous tend un paquet. À l'intérieur, un tee-shirt lui appartenant qu'il rêve de savoir à New Delhi d'ici quelques jours. La promesse est faite : nous lui enverrons une photographie de l'un de nous deux portant son cadeau dans les rues de la capitale indienne. Ses yeux en brillent d'avance.

Un minibus nous dépose en dehors de la ville. Nous nous mettons en position pour arrêter les véhicules qui passent. À force, nous nous habituons à ce quotidien peu commun. L'attente est toutefois interminable. Une voiture arrivant à contresens s'arrête curieusement à notre hauteur et fait demi-tour. Le conducteur et son passager, intrigués par notre présence au bord de la route, sortent pour nous rejoindre. Au terme d'un bref échange, ils nous invitent à bord et nous convient aussitôt à la célébration d'un mariage qui se tient dans la petite commune voisine d'Altinova. L'invitation est des plus sérieuse puisqu'elle provient du maire en personne, une rencontre fortuite.

Chemise blanche et nœud papillon enfilés, nous suivons Mehmet Suat sur les lieux de la cérémonie. De la mairie au jardin d'une maison où la fête bat son plein, il nous présente fièrement à chacun. Le village entier, qui compte près de 500 habitants, semble rassemblé pour l'occasion, les hommes d'un côté, les femmes de l'autre. Nous observons les scènes, prenons part aux festivités, heureux que ce voyage nous ait donné une telle opportunité, une telle chance.

Une camionnette fait son entrée, les grandes marmites de nourriture sont calées à l'arrière de la remorque. Une chaîne humaine se forme, les assiettes passent de main en main et couvrent les longues tablées. Les notes de musique traditionnelle et les chants s'élèvent au-dessus de la foule, tout le monde a le cœur à la fête. Les visages des anciens sont marqués, ceux des enfants sont rieurs. Notre présence étonne, questionne.

L'effervescence, soudain. La mariée rejoint son conjoint. Les pétards fusent de partout, les enfants courent, crient. Au tour du maire de présenter à l'assemblée Milan qui, avec ses acrobaties de jonglerie, assure le spectacle. Les innombrables paires d'yeux ne quittent pas la trajectoire du diabolo, les souffles sont retenus, puis relâchés dans une clameur admirative. L'expérience, bien que différente, est incroyable pour chacun de nous.

Le départ sonne de nouveau, Mehmet nous raccompagne jusqu'à la sortie d'Altinova. D'un coup, nous passons d'une atmosphère festive où les regards étaient braqués sur nous à un silence où le vide résonne. Là, sur le bord de la route, il n'y a pas un chat. Nous sommes seuls au milieu de nulle part. Un grand moment de solitude. Une sensation étrange, récurrente depuis le début de l'aventure, qui bouscule. Une impression qui s'éloigne ensuite, un va-et-vient constant. Marche, danse, photographies, tous les moyens sont bons pour se distraire et attirer l'attention des chauffeurs potentiels.

Hakki ouvre le bal. Il nous emmène dans son fourgon jusqu'à Tatvan, sur les rives du lac de Van. Là, l'incertitude nous gagne. Nous ne trouvons pas de nouveau véhicule et rares sont les gens que nous croisons qui connaissent la route pour l'Iran. Nous avançons à l'aveuglette.

Six voitures au total nous prennent pour de courts trajets. Nous ne voyons pas le bout de cette journée. Adnan, enfin, nous conduit jusqu'à Ahlat. Le parking du restaurant sur lequel nous nous trouvons est plein, nous tentons de trouver un camion pour faire la route de nuit et gagner en kilomètres. Hélas, l'axe est pour l'instant coupé et personne ne peut partir. Ismaïl et Faruk nous accueillent à bras ouverts dans leurs locaux. L'ambiance y est agréable, nous échangeons avec les personnes présentes. Faruk nous entraîne dans la salle et nous nourrit comme jamais nous ne l'avons été, avant de nous installer dans l'une de ses chambres. Lits superposés, commodités sommaires certes, mais nous avons encore un toit sous lequel dormir cette nuit.

### *Jour 14 - lundi 22 septembre 2014, Ahlat, Turquie*

Le soleil se lève sur le Moyen-Orient, et avec lui de nouveaux questionnements. Milan a passé une nuit agitée, pris de vomissements et de diarrhées. Pour la première fois de l'aventure, nous sommes bloqués pour des raisons de santé. Des difficultés qui nous échappent et contre lesquelles le moral et le mental ont peu de poids.

Notre challenge est intimement lié à notre forme physique et si l'un de nous faiblit, notre dynamique est altérée.

Alité toute la journée, Milan essaie tant bien que mal de récupérer. Pendant ce temps, je propose mon aide à Faruk pour le nettoyage de la voiture et les courses, en remerciement de l'hébergement prodigué. Une manière de garder le défi en mouvement.

Milan parvient doucement à se lever dans l'après-midi. Des camions commencent à affluer dans la petite ville. Davut, chauffeur routier en partance pour Téhéran, accepte de nous prendre en stop. Le départ est heureusement repoussé au soir le temps d'attendre son oncle et son beau-frère, un délai court mais qui laisse à Milan l'occasion de reprendre quelques forces allongé dans l'herbe puis dans la cabine du poids lourd.

Le soleil se couche sur les rives du lac de Van. Une journée de plus passée sur le sol turc, une étape qui reste au point mort. Notre patience est mise à rude épreuve… Pour la bonne cause, nous n'en doutons pas. La route reprend dans la nuit noire. Chacun dans un truck, nous commençons l'angoissante traversée des montagnes.

## Jours 15 à 23 - du mardi 23 septembre au mercredi 1er octobre 2014, Ahlat, Turquie-Téhéran, Iran

*Vingt-troisième jour de l'aventure. Les grilles du poste frontière apparaissent au bout de la route goudronnée. Nous abandonnons notre chauffeur et finissons à pied. Nous passons les portes, faisons valider notre entrée sur ce nouveau territoire. De l'autre côté, l'Iran, enfin.*

Petit retour en arrière.

Quinzième jour de l'aventure. La nuit a été longue à bord du camion. Davut, attentionné, s'enquiert dès notre réveil de savoir si nous n'avons pas eu froid. Il nous offre un petit-déjeuner que nous partageons avec d'autres routiers sur une aire de repos et nous reprenons la route. Toujours dans un véhicule différent, nous nous amusons avec nos chauffeurs à nous dépasser tour à tour. L'ambiance est au beau fixe, le soleil levant perce à travers les nuages, les montagnes arides nous entourent. Nous touchons à notre but, le poste frontière de Gürbulak est là, devant nous. L'excitation est palpable.

Malheureusement, nous ne verrons l'Iran que depuis son seuil. Une erreur d'organisation nous contraint à bousculer nos plans : Milan, détenteur d'un passeport allemand, n'a pas le visa requis pour entrer sur le territoire. La déception est immense, mais nous tentons de garder le cap. Les policiers turcs nous sont, à ce moment-là, d'une aide insoupçonnable. Ils vont même jusqu'à nous appuyer auprès des autorités iraniennes afin qu'elles nous délivrent un « visa à l'arrivée ». Une opération vaine mais appréciée. Ersin, lui, nous accueille dans son bureau et nous donne de la nourriture et des boissons. D'après nos renseignements, nous devons rejoindre la ville d'Erzurum pour nous rendre à l'ambassade d'Iran.

Notre nouvel ami répand l'annonce et ses collègues et lui ne laissent passer aucun véhicule sans s'informer de leur destination. Basri nous sauve d'une longue attente et d'une montée d'angoisse en acceptant de nous prendre en stop.

Quelques heures plus tard, nous atteignons Erzurum. La nuit est tombée, il nous reste encore à puiser en nous l'énergie pour trouver un hébergement. Plusieurs pistes échouent. Nous errons dans les rues quand nous croisons un jeune homme qui nous délivre d'une longue série de refus. Bahattin, soucieux de son prochain, nous entraîne aussitôt avec lui. Grâce à sa bienveillance, nous passons la nuit dans la communauté musulmane des « Nurcu », accueillis par Muhammet, heureux et soulagés d'avoir trouvé refuge après cette rude journée.

Dès le lendemain, nous nous attelons à remplir les formalités pour le précieux visa, mais rien ne se déroule comme prévu. L'annonce tombe comme une sentence : le délai d'obtention est bien plus long que ce que nous pensions, nous sommes désormais bloqués à Erzurum.

Le challenge est entre les mains de l'administration. L'incertitude est totale. L'émotion est difficile à contenir face à cette épreuve, même si nous admettons que nous sommes les seuls responsables de la situation. Nous nous effondrons et nous laissons aller à pleurer ensemble. Durant toutes ces journées, cinq au total, où nous sommes immobilisés, nous passons par tous les stades : inquiétude, détresse, tristesse, culpabilité, exaspération, enthousiasme, euphorie. Les montagnes russes, en somme.

Car la nouveauté est également au rendez-vous. Face à l'inconnu et n'étant, contrairement aux jours précédents, pas autant maîtres de notre aventure, nous vivons le voyage d'une manière aussi différente qu'enrichissante.

Les rencontres tissent la toile de fond de notre quotidien. Et en demeurant à Erzurum plusieurs jours de suite, elles se multiplient et s'intensifient. À commencer par la relation que nous entretenons avec nos hôtes. Car l'hospitalité turque dépasse toutes nos espérances.

Croisés au détour d'une rue alors que Milan faisait une démonstration de diabolo, Enes et Kadir, deux jeunes enseignants, nous font vivre des instants mémorables. D'une soirée dansante aux accents orientaux arrosée de thé glacé à la visite de la mosquée et l'introduction pour Milan à une séance d'ablutions et de prière, Enes nous donne l'opportunité de vivre au rythme de sa ville.

Hikmet, quant à lui, nous interpelle à la sortie de la mosquée. Il a pris connaissance de notre périple dans les médias turcs et veut s'entretenir avec nous. Nous rencontrerons, par son intermédiaire, ses amis et collègues et son neveu, Yavuz, Davut et Josep. De belles personnes qui changent le cours de notre séjour. Davut nous installe dans l'une des chambres de son hôtel, le Grand Erzurum et nous convie à y rester tant que nous serons dans le besoin. Un geste d'une bonté rare qui à la fois nous enchante et nous met mal à l'aise. La frontière est mince entre l'acceptation d'une marque de générosité et l'impression de profiter de l'autre…

Nous partageons de nombreux moments avec Josep. Notre complicité grandit chaque jour avec ce Barcelonais qui parle un français impeccable. Il se joint d'ailleurs à nous lors d'une rencontre insolite avec Christelle et Thomas, un couple de voyageurs d'origine alsacienne qui sillonne à vélo depuis cinq mois les routes d'Europe et maintenant d'Asie.

Oubliant les kilomètres que nous avons à parcourir, nous tirons parti du rythme ralenti qui nous est imposé. Sans perdre de vue notre objectif, nous nous laissons aller au gré des rencontres et des personnalités. Nous profitons des lieux, découvrons les alentours. Nous nous créons de nouveaux repères, comme le café El Molino qui devient notre refuge, voire notre poste de commandement. Le personnel y est adorable et nous accueille, à chacun de nos passages, d'un thé noir accompagné de gâteaux. Lorsque le moral est en chute libre, ces détails comptent double.

Le cadre de l'hôtel dans lequel nous logeons, exceptionnel, nous réconforte également. Situé à l'extérieur d'Erzurum, il est posé au pied des stations de ski de Palandöken et de Konakli qui culminent à 3 180 mètres d'altitude. Une excursion en plein air avec Josep et Davut nous fait le plus grand bien. Ou comment restituer tout son sens à l'expression « prendre de la hauteur ». La nature nous entoure, les sentiers poussiéreux et sinueux nous conduisent aux sommets, le vent fouette nos visages, balaie toute pensée négative et revigore nos esprits.

Après cinq jours passés à Erzurum, nous quittons enfin la pluie et le froid, l'espoir en tête, pour rejoindre Trabzon, grâce à Hikmet qui finance nos billets de bus. La ville détient peut-être notre solution, les systèmes informatiques du consulat iranien fonctionnent de nouveau après une panne et l'obtention du visa y est, paraît-il, plus rapide.

Dès la descente du bus, l'influence maritime nous enveloppe. L'air est doux en ce début d'automne, les rues sont animées et les terrasses bondées. Le contraste avec Erzurum est saisissant. La convivialité saute aux yeux. Le cœur léger, nous profitons, le temps d'une soirée, de nous trouver dans la région dont ma famille est originaire. Ce crochet imprévu rend la surprise encore plus belle. Nous rencontrons Davut, étudiant, qui nous fait goûter aux spécialités de la mer Noire avant de nous héberger pour la nuit.

Nous nous empressons dès le lendemain matin de frapper aux portes du consulat. L'attente est longue, mais Milan est enfin reçu et explique son cas, qui est étudié avec attention. Le visa tant attendu peut nous être délivré le lendemain en fin de journée. Nous sautons presque de joie. Presque, car il nous faut encore patienter. Au même moment, nous recevons un appel de l'ambassade d'Iran à Erzurum qui nous annonce que le numéro d'autorisation délivré par le Ministry of Foreign Affairs est enfin arrivé et que le visa peut être déclenché. Ni une ni deux, nous regardons l'heure et calculons. Midi. Cinq heures de route pour Erzurum. Si la chance est avec nous, nous pouvons arriver à temps pour obtenir le précieux sésame. Pas une minute à perdre, nous prenons la direction de la gare routière. Le responsable de la compagnie, Tuncay, une perle, nous offre sans sourciller nos tickets de retour. L'impatience nous tient éveillés tout au long du trajet. Josep vient nous chercher à la gare d'Erzurum et nous conduit à l'ambassade. Hélas, les portes sont closes. Nous n'avions pas les bons horaires en tête. La partie est remise au lendemain, mais la compagnie de Josep nous fait bien vite oublier cette mauvaise passe.

Au terme de huit jours d'attente, l'obtention du visa se règle enfin. Les autorités ont donné leur accord et Éric, notre sponsor, a payé les démarches. L'excitation et la joie sont de retour, le soulagement est immense. Optimistic Traveler peut reprendre du service, continuer l'exploration et tenter d'atteindre l'objectif des quatre-vingts jours même si le parcours importe plus que le calendrier. Le challenge repart et, avec lui, le ballet des véhicules qui nous fait, pas à pas, avancer. Yildirim et Aydin nous conduisent en voiture jusqu'à Ağri, puis c'est à bord d'un poids lourd que nous atteignons les limites de la Turquie.

Un dernier arrêt dans un restaurant nous permet de rencontrer un Iranien qui parle parfaitement français. Afin de faciliter nos prochains déplacements, nous lui demandons de nous écrire dans sa langue maternelle une présentation de notre aventure.

Vingt-troisième jour de l'aventure. Les grilles du poste frontière apparaissent au bout de la route goudronnée. Nous abandonnons notre chauffeur et finissons à pied. Nous passons les portes, faisons valider notre entrée sur ce nouveau territoire. De l'autre côté, l'Iran, enfin.

Une joie immense nous irradie après cinq jours d'incertitude. Elle se double d'une grande excitation face à ce pays dont nous ignorons tout.

Nous reprenons nos recherches de véhicules avec entrain. Le conducteur d'un bus sans passagers accepte de nous laisser monter à bord. Une première étape qui nous fait atteindre la petite ville de Tabriz. La nuit est maintenant tombée, nous sommes partagés entre l'envie de trouver un nouveau moyen de transport et un endroit où dormir. Quelques pas dans la rue suffisent à nous faire profiter de la chaleur et de l'accueil des Iraniens. Ici, Ahtem nous offre à manger. Là, Hussein nous invite à boire un thé.

Lorsque Milan apprend qu'un bus est sur le départ pour Téhéran, nous sautons sur l'occasion. Ali, d'origine turque, finit de convaincre pour nous Aliriza, le chauffeur. À notre grand étonnement, la négociation, qui n'en est pas vraiment une, fait aisément céder Aliriza.

Le vrombissement du moteur nous berce jusqu'au sommeil. Dans la nuit noire, nous roulons paisiblement vers Téhéran.

22 jours = 5 247 km

# LA TURQUIE

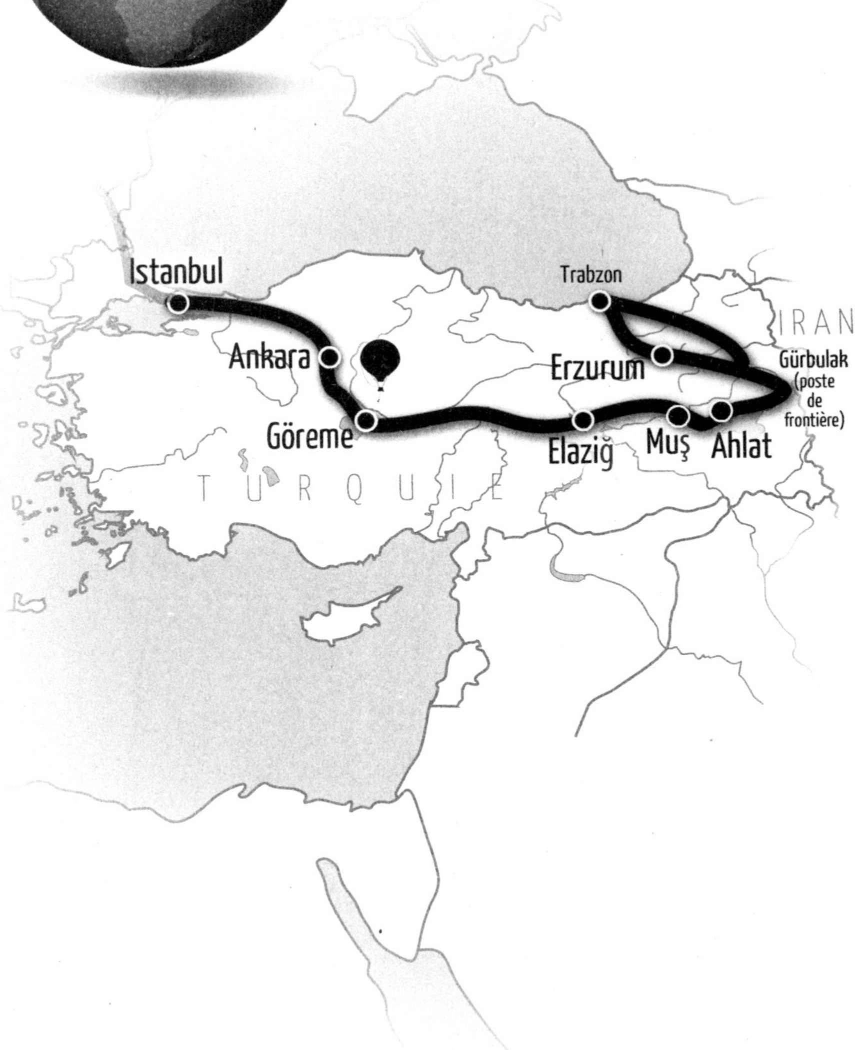

## *Jour 24 - jeudi 2 octobre 2014, Téhéran, Iran*

La route est longue jusqu'à la capitale iranienne. Nous avons de la peine à dormir sur les sièges de ce bus pourtant spacieux, quoique penser aux 1 200 kilomètres parcourus et au retard accumulé qui s'amenuise nous apaise.

Le jour est levé lorsque nous atteignons Téhéran. L'affluence matinale autour de la gare nous surprend mais nous nous trouvons bien vite confrontés à une nouvelle difficulté, celle de la langue. L'aisance ressentie dans les communications jusque-là, grâce à la maîtrise du turc par Muammer, est dorénavant limitée. Et pour la première fois depuis notre départ, il est difficile d'avoir des interlocuteurs qui parlent anglais.

Nous parvenons tout de même à obtenir les bonnes directions pour rejoindre le centre-ville et les attractions touristiques grâce à un homme qui nous donne une carte de transport, plus tard rechargée par un jeune lycéen, pour nous permettre de nous déplacer à notre gré. Fatigués et étourdis par le voyage, l'inconnu, le changement de climat et d'atmosphère, Muammer s'effondre d'épuisement sur un banc public. Plus tard, nous optons pour une journée de visite. Tranquillité et sérénité sont au programme.

Une sérénité toutefois perturbée par un accueil mitigé dans les cafés et les restaurants, et un accès restreint à Internet dû à des contrôles et blocages de certains sites comme *Facebook* ou *YouTube.* Cela n'arrange pas nos affaires mais nous apprenons que des codes permettent la connexion. Nous peinons à trouver de quoi manger même si, pour l'heure, c'est encore accessoire.

La deuxième difficulté à laquelle nous devons également faire face est assurément la différence de culture. Les coutumes, les pratiques et les règles de bienséance du peuple iranien nous sont étrangères et nous tentons de ne pas heurter ceux que nous croisons par notre comportement et de ne pas céder aux avertissements et à la panique qui nous avaient été communiqués à propos de ce pays. Un contrôle d'identité inattendu et une interdiction de filmer imposée par la police civile nous déstabilisent en ce sens. Fort heureusement, les quelques rencontres que nous faisons dans la journée nous éclairent et nous rassurent.

Dans notre soif de découverte, nous nous dirigeons non sans quelques désaccords sur le choix de visite vers la tour Milad, tour de télécommunications implantée dans le centre des congrès et du commerce international de Téhéran. Nous sommes orientés, dès notre arrivée, vers Afsaneh dont le français irréprochable nous enchante. Grâce à la jeune femme qui convainc son responsable et la sécurité, l'accès à la tour nous est autorisé. Notre guide nous mène à son sommet. De ce point de vue, nous prenons conscience de l'immensité de la capitale. Les montagnes délimitent sa périphérie nord, tandis qu'au sud, l'horizon se perd dans la brume. Nous profitons de la présence d'Afsaneh pour en savoir un peu plus sur les questions culturelles qui nous intriguent. Nous abordons des sujets variés, légers, comme son apprentissage de la langue française à Bordeaux, en France, ou complexes, comme le port du foulard.

– Je veux pouvoir m'exprimer de la manière qui me plaît, porter ce que je veux, être libre, nous répond-elle d'un ton assuré.

Nous ne pouvons que sourire et acquiescer devant tant de détermination.

Nous continuons notre quête et, plus tard dans la soirée, nous sommes conduits par un jeune homme à une réunion *CouchSurfing* qui se tient dans l'amphithéâtre d'un parc. Le hasard fait merveilleusement les choses. Le petit groupe nous invite immédiatement à prendre part aux discussions et notre aventure interpelle. Bilal, d'origine pakistanaise, nous renseigne sur son pays, nous donne des contacts à Lahore, et retranscrit par écrit, en urdu, le résumé de notre challenge pour nous faciliter les premiers échanges une fois dans son pays. Une chance. Nous évoquons avec eux les évolutions socioculturelles qui bousculent l'Iran. La jeune génération tend en effet à une plus grande liberté d'expression, change les préceptes des relations hommes/femmes, et revendique le droit de pouvoir choisir ses études et de voyager.

L'échange nous enrichit et nous nourrit. Nous touchons à l'essence même du voyage.

Un voyage qui continue en la compagnie de Leïli qui propose de nous héberger pour la nuit. L'air de rien, son invitation casse un autre stéréotype concernant la condition des femmes en Iran que l'on nous avait soufflé. « Ne parlez pas aux femmes et ne les regardez jamais dans les yeux, c'est dangereux ! », entendons-nous ici et là. Quant au fait que deux hommes soient hébergés par une femme seule, cela est-il autorisé ? Que diraient les pères ou les frères en nous voyant ? Nous laissons de côté notre crainte de lui créer des problèmes en nous conviant chez elle et profitons d'une agréable soirée. Installés à même le sol sur des tapis et des coussins dans l'appartement de son frère, nous faisons la connaissance de la mère de la jeune femme, et, sur l'insistance de Leïli, nous en profitons pour laver nos vêtements et enfiler les tenues de son père – un pantalon large, le « shalvar », et une chemise – qu'elle nous offre. Puis nous partageons un repas en abordant les multiples sujets qui lui tiennent à cœur. Sa curiosité est rafraîchissante, son entrain est communicatif.

– Ma vie en Iran est satisfaisante, mais j'ai constamment besoin de voir des choses nouvelles, sinon, l'ennui est bien trop grand.

Une sage vision que nous approuvons et qu'il ne faut pas oublier, chaque jour, de mettre en œuvre.

## *Jour 25 - vendredi 3 octobre 2014, Téhéran-Ispahan, Iran*

C'est avec cette même pensée que nous entamons notre nouvelle journée sur le sol iranien. Nous ramassons nos vêtements propres et secs accrochés aux cordages tendus sur la terrasse déjà ensoleillée. Nous profitons d'un tuyau d'arrosage pour prendre une douche sur le toit et nous partageons un petit-déjeuner avec notre hôte avant de prendre la route.

Leïli, insaisissable, est à la fois hésitante et enthousiaste à l'idée de nous accompagner jusqu'à Ispahan. Tantôt dans le partage et la confidence, tantôt sur la réserve, elle semble rester sans cesse sur ses gardes. Les revirements de situation ne sont pas toujours évidents à suivre pour nous et engendrent parfois des incompréhensions. C'est impuissants que nous assistons à un désaccord entre Leïli et le chauffeur du taxi que nous empruntons. Le ton monte sensiblement entre les deux, mais ne comprenant pas un mot de leur discorde, nous ne pouvons prendre parti et la jeune femme se ferme totalement après coup. Nous nous séparons sur cette note négative avant de nous retrouver à la gare routière en début d'après-midi.

Les tensions se sont estompées. Un show de diabolo orchestré par Milan attire l'attention des employés des compagnies de bus et des passagers, et nous finissons par décrocher, au terme d'une longue attente, deux billets pour Ispahan. Une fois à bord, Leïli, touchée, n'en revient pas du geste de son peuple et avoue que cette démonstration de générosité change son point de vue et lui ouvre des perspectives.

Nous atteignons Ispahan au coucher du soleil. Nous apprécions d'être guidés par Leïli dans cette ville qu'elle connaît bien. Elle nous mène droit sur la place de l'Imām et nous découvrons, émerveillés, la Grande Mosquée et ses faïences multicolores, les palais fastueux, les arcades majestueuses et les échoppes envoûtantes du Grand Bazar. La magie orientale nous ensorcelle, l'artisanat iranien nous charme. Fascinés, nous observons avec intérêt les techniques ancestrales d'impression sur textile à l'aide de blocs de bois gravés. Nous naviguons entre les ruelles et dévorons des yeux les antiquités, les tapis persans, les bijoux et les lanternes qui brillent de mille feux.

Nos pérégrinations nous mènent dans un restaurant au cœur de la vieille ville. Là, ébahis, nous tombons sur un personnage magnétique. Tout de blanc vêtu, jusqu'à sa longue barbe, Kalender intrigue, et grâce aux deux jeunes femmes qui l'accompagnent et à Leïli qui assure la traduction, nous parvenons à entamer la discussion. Soufi de l'ordre des derviches[1], il se voue à son culte mystique qui requiert vœu de pauvreté et d'austérité, et privilégie l'essence même de l'humanité avant toute appartenance religieuse ou nationaliste.

Conviés à sa table par le patron du restaurant, nous continuons notre apprentissage avant de nous voir invités par Kalender à son domicile pour la nuit. Une offre que nous ne pouvons pas refuser. La soirée se poursuit, l'assemblée s'étoffe. Nous sommes rejoints par d'autres personnes, notamment Payan, propriétaire du restaurant voisin, qui nous surprend en nous parlant français. Nous quittons l'établissement et repassons par la

---

1. Le soufisme est une doctrine qui date du VIII^e siècle. C'est un mouvement spirituel, voire mystique, au sein de la religion musulmane. Les derviches tourneurs sont les membres de l'ordre mevlevi, ordre musulman soufi.

grande place. Les petits groupes, éparpillés sur les pelouses, partagent des confiseries et un thé. La convivialité et la chaleur humaine sont belles à voir. Le respect et la tolérance transparaissent en tous lieux. Milan se lance dans une nouvelle performance de diabolo, une manière de remercier nos hôtes, et attire la foule. Kalender est lui aussi conquis, mais ne tarde pas à reprendre son chemin. Nous nous hâtons de le suivre à travers les ruelles jusqu'à son appartement.

À l'intérieur, une pièce, un lit dans un renfoncement, quelques livres et photos, des tapis et des coussins. Nous prenons place en cercle tandis que Kalender n'en finit pas de captiver son auditoire par ses poèmes et ses tirades. Payan et Leïli tentent de nous traduire les dires du soufi, et si nous ne pouvons suivre entièrement la conversation, nous captons assurément les énergies et les vibrations.

L'instant est fort, mémorable. Notre message d'humanité, « montrer au monde qu'il y a des gens bien partout, de toute nationalité, toute religion, toute couleur et toute catégorie sociale », entre totalement en résonance avec les Iraniens. De quoi nous faire accepter sans sourciller les difficultés passées de l'aventure et envisager avec plus de légèreté celles à venir.

### *Jour 26 - samedi 4 octobre 2014, Ispahan-Yazd, Iran*

Nous nous réveillons dans la demeure du soufi, bien reposés et éprouvant un agréable sentiment de sécurité. Payan vient nous chercher comme convenu et nous consacrons notre matinée à visiter la vieille ville de manière plus approfondie, en sa compagnie et celle de Leïli.

Ispahan est définitivement envoûtante. De nuit comme de jour, elle nous dévoile ses atours et sa culture. Son architecture à forte influence islamique et son artisanat au croisement du Moyen Orient et de l'Asie nous émerveillent. Les gravures nous dévoilent le symbolisme religieux, les murs de pierre de la Grande Mosquée nous insufflent leur forte présence divine et leur énergie ancestrale, les jardins et les fontaines procurent calme et tranquillité. Les lieux ont mille histoires à conter.

Au détour des ruelles, les échoppes nichées sous les arcades nous révèlent leurs innombrables trésors. Les coups de marteau répétés façonnent les plateaux et les chaudrons de cuivre et d'étain et rythment nos pas. Les effluves d'épices stimulent notre odorat. Nous nous laissons porter par la découverte et prions pour que l'exploration ne cesse…

Malheureusement, l'heure du départ approche. Leïli et Payan nous accompagnent à la gare routière et jouent les intermédiaires auprès du responsable pour nous décrocher deux places à bord du prochain bus pour Yazd. À regret, nous laissons Ispahan et nos amis derrière nous, mais l'excitation de la nouveauté ne tarde pas à nous redonner l'envie d'aller de l'avant.

À peine l'engin a-t-il pris la route que nous entamons la conversation avec nos voisines de rangée, Safora et Sima. Cette fois encore, les stéréotypes concernant la place des femmes iraniennes sont anéantis en quelques mots.

– Ces images qui sont véhiculées sur l'Iran sont fausses, nous explique Sima. Elles datent de la génération de nos grands-parents et de celles antérieures. Nos parents n'étaient déjà plus dans cette mouvance. L'éducation, l'ouverture au monde changent beaucoup de choses.

La jeune femme, bien que réservée et polie, n'a pas peur de partager avec deux inconnus, deux hommes qui plus est, ses convictions et ses croyances. Ouvrir son monde à deux touristes est bien plus enrichissant que de se laisser bercer par des craintes infondées, nous avoue-t-elle. Sur ce, un simple coup de téléphone de sa part pour demander l'autorisation à sa famille et l'affaire est réglée. Nous voilà pourvus d'un logement pour la nuit. Une aubaine, car dormir chez l'habitant est assurément ce que l'on préfère dans ce challenge.

Nous arrivons à Yazd à la nuit tombée. Notre joie et notre enthousiasme non dissimulés surprennent et ravissent Sima, visiblement peu habituée à ce type de démonstration publique. Shahram, son cousin, nous accueille à la gare avec son épouse Zahra et leur petite fille âgée de quatre mois, Shyli. Nous faisons un premier arrêt pour déposer les femmes – Sima, selon un rituel courant, participe ce soir à une rencontre entre toutes les femmes de sa famille et de celle de son prétendant – puis Shahram endosse le rôle de guide pour nous faire découvrir sa ville.

Prenant sa mission en cœur, il nous explique son histoire, ancienne, nous montre les systèmes d'irrigation par réserve d'eau souterraine et les cheminées d'aération et de climatisation naturelle disséminés à travers Yazd. Nous le suivons dans les tunnels et les ruelles de la vieille ville jusqu'à une porte d'apparence quelconque. Quelle n'est pas notre surprise de découvrir derrière elle et son long corridor une somptueuse demeure historique qui fait office de salon de thé et d'hôtel. La salle principale, immense, est décorée de boiseries et de dorures. Installés sur de magnifiques tapis persans, nous goûtons à de délicieuses pâtisseries accompagnées de thé fumant. Un agréable moment.

Nous reprenons la voiture et retrouvons Zahra et Shyli avant de rentrer chez eux. Là encore, leur disponibilité nous impressionne. Nous préparons ensemble le couvert sur une nappe à même le sol, aidons en cuisine et partageons un succulent repas aux accents typiquement iraniens. Riz au safran et raisins secs, poulet au yaourt, salade et fruits, nos papilles s'en donnent à cœur joie.

Et surtout, nous savourons d'être ce soir en famille, une valeur inestimable à nos yeux comme à ceux de nos hôtes.

## *Jour 27 - dimanche 5 octobre, Yazd-Kerman, Iran*

La journée débute, toujours placée sous le signe de la famille. La petite Shyli babille pendant que nous prenons notre petit-déjeuner, Zahra s'affaire et se prépare. Tous ensemble, nous partons visiter la vieille ville de Yazd sous un grand soleil. La mosquée et ses minarets, les plus hauts du monde, le bazar et ses échoppes où artisans et commerçants sont en ébullition. Un hammam rénové, une prison ou une école. Shahram nous mène dans tous les recoins et n'en finit pas de nous conter des anecdotes, comme celle concernant ces vieilles portes en bois munies de deux heurtoirs : le son, distinctif, permettait autrefois de savoir qui se présentait, une femme ou un homme. Nous goûtons aux spécialités culinaires, des instants qui provoquent bien souvent de légers flottements. Nos papilles européennes sont inquiètes face à ce bol de soupe aux vermicelles et petites billes s'apparentant à des yeux de poisson… Que faire si nous n'aimons pas ? Pouvons-nous refuser un plat sans brusquer nos amis ? Les questions se bousculent dans nos têtes, nous sommes au cœur de la différence.

Vient alors l'heure d'honorer l'invitation pour célébrer, dans la maison du père de Sima, l'une des fêtes les plus importantes de la religion musulmane, Kurban Bayramı[1]. La famille entière est réunie et nous accueille chaleureusement. La structure de la maison, comme celle de toutes les maisons iraniennes, s'organise autour du salon qui est la pièce principale. À première vue, les femmes et les hommes sont séparés en deux groupes. Nous comprenons vite qu'il s'agit surtout d'une question d'habitudes et d'affinités quant aux conversations, plus que d'une règle stricte.

Les conversations vont bon train, des rires s'échappent ici et là. Une de mes performances de diabolo captive et génère un enthousiasme

1. Kurban Bayramı, la fête du sacrifice ou fête du mouton, est l'une des fêtes les plus importantes pour les musulmans.

communicatif. Les festivités sont définitivement lancées.

La musique entraîne les enfants et les hommes dans des danses endiablées. Les femmes, amusées et attendries, les encouragent et applaudissent en rythme.

Nous craquons devant le fou rire de la grand-mère, frissonnons d'émotion sous les notes des chants traditionnels et succombons aux délices de la cuisine iranienne. Nous n'en revenons pas de ce qu'il nous a été donné de vivre aujourd'hui. Le partage des valeurs communes, l'humanité à son apogée.

L'émotion, encore, est à son comble lorsque le père de Sima s'avance vers nous pour nous remettre des présents : une boîte de confiseries et deux œufs peints à la main par Sima, symboles de nouvelle vie et de bonheur. Sima, quant à elle, nous glisse dans un chuchotement que c'est notre présence qui a rendu la journée aussi festive. Une confidence touchante.

C'est emplis de souvenirs, de sourires et de regards bienveillants, de numéros de téléphone et d'adresses e-mail, que nous prenons le chemin de la gare routière avec Shahram et son oncle. Nous nous renseignons sur les horaires et décidons de tenter l'auto-stop pour partir plus rapidement. Toujours accompagnés de nos hôtes, nous nous arrêtons en bord de route, en pleine nuit, pour trouver un véhicule. Nous assistons, surpris, à une scène inédite. Shahram, son oncle et les policiers présents, mis au courant de notre démarche, s'impliquent et arrêtent tous les camions et voitures qui s'avancent vers eux. La recherche est malheureusement infructueuse. Nous reprenons la direction de la gare, où Shahram se propose de nous offrir nos billets. La générosité, encore.

Le départ pour Kerman est prévu à 23 heures. Nous raccompagnons nos amis à leur voiture et les remercions chaleureusement. Puis, pour se distraire pendant l'attente, Muammer décide de s'exercer au diabolo. Nous profitons de l'instant en nous remémorant cette magnifique journée quand soudain nous voyons débarquer Yen et deux de ses amis. Nous avions fait sa connaissance à l'ambassade d'Iran à Erzurum, et le revoir ici, à Yazd, à plus de 2 000 kilomètres, est complètement inattendu !

La magie du voyage, toujours.

## *Jour 28 - lundi 6 octobre 2014, Kerman-Zahedan, Iran*

Nous débarquons épuisés à la gare de Kerman à 4 heures du matin. Nous sommes aujourd'hui en transit, l'objectif étant de rejoindre Zahedan, notre dernière étape en Iran avant de franchir la frontière pakistanaise. Ce type de parcours nous fait gagner un nombre incroyable de kilomètres, mais la fatigue nous plonge dans une sensation de décalage et ne facilite pas les échanges déjà délicats.

Dès notre arrivée, nous suscitons la curiosité. Bien que l'heure soit matinale, l'affluence est impressionnante. Des groupes d'ouvriers dorment sur les bancs, d'autres nous scrutent de leurs regards noirs. Leurs tenues locales nous interpellent et nous font prendre conscience que nous ne passons pas inaperçus dans le paysage de cette région et qu'il serait judicieux, pour la suite du voyage, de nous vêtir en conséquence.

Réussir à obtenir des billets de bus pour Zahedan se révèle digne d'un épisode de feuilleton. Rebondissements, revirements de situation, désaccords, suspense et dénouement, nous avons droit à tout. Car si nous avons des difficultés à nous faire comprendre, la communication entre le responsable de la compagnie de bus et ses chauffeurs ne semble pas meilleure.

Nous finissons tout de même par monter à bord. Milan, qui entre-temps a sympathisé avec quelques jeunes travailleurs, monte tout sourire dans le car avec, dans les mains, une tenue baloutche, usée mais complète, qu'un des jeunes lui a généreusement cédée contre notre boîte de confiseries iraniennes.

Nous voilà partis pour un long voyage de neuf heures. Le car est bondé et bruyant. Nous nous glissons aux places qu'un petit groupe nous laisse en se serrant au maximum. Le geste nous surprend et nous touche. Nous échangeons quelques mots d'anglais avec le jeune Mohammed, puis, lors d'une pause, avec Abdulhamid qui nous offre également à manger. La chaleur nous frappe dès la descente du bus. Nous pouvons désormais oublier les douces températures de nos fins d'été. Le désert nous entoure, le soleil nous surplombe, l'ombre se fait rare.

Lorsque nous atteignons enfin Zahedan, Abdulhamid propose de nous conduire à l'école de langue anglaise pour que nous puissions trouver plus aisément de l'aide. L'accueil est immédiat et nous nous retrouvons debout, face à une salle de classe, en train d'exposer et de raconter brièvement notre aventure. La réponse ne tarde pas et Amin, le professeur, nous invite à dormir chez lui. Nous attendons la fin de ses cours et le suivons au domicile familial. Nous faisons la connaissance de sa mère, puis de son frère Reza. Nous échangeons avec les deux jeunes hommes sur les voyages et nos visions pour l'avenir autour d'un repas dans un restaurant du centre-ville, puis nous rentrons étudier avec eux la suite de notre itinéraire. Une soirée en bonne compagnie.

Ce soir encore, nous nous estimons chanceux et demeurons étonnés devant l'accueil, l'hospitalité et la disponibilité de nos nouveaux hôtes.

### *Jour 29 - mardi 7 octobre 2014, Zahedan, Iran*

Pour la première fois du challenge, nous consacrons une journée entière à la préparation de la prochaine étape. Nous approchons du Pakistan et le climat ambiant, extrêmement instable dans ce pays et ses zones frontalières, ne nous laisse aucun droit à l'erreur.

Nous avons reçu de nombreux avertissements concernant notre sécurité et pourtant, nous sommes persuadés qu'avec les bonnes recommandations et les comportements adéquats, la traversée n'est pas impossible.

C'est ainsi que toute la journée, accompagnés de Reza et Amin, nous essayons de glaner les conseils et les avis que nous pensons judicieux auprès des compagnies de bus, des professeurs de l'école d'anglais ou des locaux. Alex, un ami d'Amin, partage avec nous l'expérience de Chris, voyageur d'origine belge, qui a récemment fait ce même périple. Selon ses dires, la ligne de train ne marche plus, mais il est possible de trouver un bus, même sans argent. Sa position de touriste nous est également très utile puisqu'il nous conseille d'éviter de filmer et de prendre des photos, surtout dans la foule. Il nous confirme enfin ce que nous avions déjà pensé : une tenue locale est vivement recommandée.

Pour ce faire, nous partons en direction du marché baloutche, de l'autre côté de la ville. Nous écumons les échoppes et accumulons les refus des commerçants jusqu'à ce que Nader vienne nous trouver et nous annonce qu'il peut nous donner une de ses tenues. Munis tous deux d'un sarouel et d'une tunique, nous apportons, une fois rentrés, la touche finale à nos préparatifs et recouvrons d'un drap blanc nos sacs à dos trop voyants. Nous sommes fin prêts pour le Pakistan.

L'appréhension face au danger et l'incertitude planant au-dessus des prochains jours ne nous laissent pas de marbre. Nous restons optimistes, mais pas inconscients. « Ce sont des terroristes ! », « ils sont dangereux ! », « vous serez pris en otage ! »... Les remarques et avertissements concernant notre sécurité émis par nombre de personnes que nous avons croisées résonnent d'autant plus qu'ils font écho aux préjugés souvent infondés que nous avons. Pour la première fois du challenge, nous ressentons le besoin de nous reconnecter à nos proches, même rapidement. Leurs voix familières nous apaisent et nous redonnent confiance.

Les émotions sont mises à rude épreuve chaque jour de l'aventure et nous nous découvrons en même temps que nous découvrons le monde.

### *Jour 30 - mercredi 8 octobre 2014, Zahedan-Meer Jawe, Iran*

Nous prenons la route aux aurores en ce trentième jour de l'aventure et quittons Reza et Amin sur un parking à la sortie de la ville. Au vu des camions stationnés, nous avons bon espoir de trouver un chauffeur pour passer au plus vite la frontière. Un espoir qui s'amenuise au fur et à mesure que les heures passent.

Les véhicules sont immobilisés et les conducteurs n'ont aucune indication quant à leur départ. Nous décidons de tenter l'auto-stop au bord de la route. Le vent balaye la poussière, la chaleur commence à se faire pesante. Une voiture, enfin, s'arrête à notre hauteur pour nous prendre. Ce que l'on croyait être la délivrance ne fait que sonner le coup d'envoi d'une journée interminable.

La voiture redémarre, avance de quelques mètres, puis fait demi-tour. Nous roulons plusieurs minutes avant d'atteindre un poste de contrôle. Au début, nous pensions que le chauffeur voulait annoncer aux autorités notre présence à bord de son véhicule. Mais nous comprenons rapidement qu'il veut nous emmener au commissariat pour un contrôle. Lorsque nous entrevoyons cette perspective, je lui ordonne de s'arrêter. Par chance, nous descendons juste à côté d'une station de taxi. Milan préconise quand même de nous rendre au poste de police pour signaler notre opération et ainsi nous faire escorter, comme nous l'avaient conseillé les deux professeurs d'anglais à Zahedan. Peut-être Milan n'a-t-il pas l'habitude des contrôles fréquents, contrairement à moi qui m'oppose toujours à cette démarche de peur de croiser des agents corrompus. Milan aura finalement gain de cause. Mais ce contrôle sera le premier d'une longue série.

Si les procédures semblent normales au début, il nous faudra pourtant douze heures pour parcourir 75 kilomètres. Question de sécurité, nous assurent les policiers. Les représentants de l'état iranien préfèrent nous escorter : le kidnapping de deux européens donnerait une mauvaise image de leur pays.

Douze heures. Une vingtaine de contrôles d'identité et de nos équipements photo. Des interrogatoires à répétition. Des escortes armées. Six véhicules. Une cinquantaine de militaires mobilisés. Le tout ponctué de malentendus engendrés par la barrière linguistique.

L'attente, qui va parfois jusqu'à quatre heures à un même endroit, est difficile à gérer. Le stress et l'angoisse vont de pair avec l'inactivité et l'incertitude. La présence des armes n'aide pas à nous apaiser, mais paradoxalement, les regards calmes et compatissants des militaires, souvent très jeunes, nous rassurent. Reste encore à contrôler la faim et la soif, mais nous ne sommes pas seuls dans cette situation. Nos escortes ont exactement les mêmes besoins que nous. Le soleil cogne, le vent et la poussière irritent la gorge. Nous nous pressons, avec les militaires, dans le peu d'ombre qu'un mur nous procure. Assis par terre sur une fine natte, nous faisons circuler l'unique bouteille d'eau que nous avons en notre possession. Un moment de partage qui se transforme en détente, le temps de quelques photos.

Le décor, désertique, ajoute une touche à la fois dramatique et magnifique à cette journée. Les reliefs tranchants des montagnes se découpent dans le ciel, le sable et la poussière tournoient jusqu'à l'horizon. L'ambiance est assurément extraordinaire.

Puis soudain, le ton change. Un militaire nous entraîne dans un autre baraquement. Une nouvelle fouille le conduit à une découverte exceptionnelle : la pochette glissée entre nos pantalons et nos sous-vêtements qui contient nos papiers d'identité. Une cachette précieuse qui nous assure de garder nos passeports toujours sur nous. Les perdre serait tout simplement impensable ! Sans un mot, il examine les documents, nous regarde, scrute encore les papiers étalés devant lui, les prend en photo et passe un coup de fil. Sa suspicion nous inquiète. Nos précieux passeports passent de main en main et nous ne les verrons plus de la journée. Il nous met dehors et nous attendons, abasourdis. Un homme à l'allure impeccable fait son apparition. Son air sévère, sa tenue civile et sa maîtrise de l'anglais nous mettent la puce à l'oreille. Seraient-ce les services secrets ? L'interrogatoire musclé et la fouille corporelle qui s'ensuit confirment nos craintes... Nous restons calmes et suivons les directives sans protester. Milan souhaite que nous appelions notre entourage afin de les informer de cette situation. Mais je refuse : nous vivons un moment difficile mais nous ne sommes pas en danger. Je crains surtout que cet appel n'inquiète outre mesure nos familles et amis qui peuvent se retrouver désemparés et paniqués. Je fais donc de mon mieux pour le rassurer. Avec le temps, tout finit par rentrer dans l'ordre, bien heureusement.

La fatigue nerveuse est à son apogée lorsque nous atteignons la petite ville isolée de Meer Jawe, toujours en Iran, à quelques kilomètres seulement de la frontière. Au terme d'une énième discussion aux airs de déjà-vu pour expliquer notre projet et justifier pourquoi nous n'avons pas d'argent, un policier accepte de nous payer la chambre d'hôtel. Grâce à la lettre en farsi expliquant notre aventure, je tente de négocier de quoi manger avec le réceptionniste. Sensible à notre condition, il m'accompagne chez l'épicier du coin, qui offre généreusement une bouteille d'eau, quelques gâteaux et des fruits secs.

Enfin seuls, nous soufflons et réalisons à peine ce que nous venons de vivre. La vulnérabilité, notre liberté qui se voit limitée. Des perceptions nouvelles qui nous bousculent et nous font réfléchir. Chacun à son rythme, selon sa sensibilité. Sur le challenge que nous nous sommes fixé, sur nos réactions face aux coups durs et aux déstabilisations. Et sur la chance que nous avons, à ce moment précis, d'être deux.

## *Jour 31 - jeudi 9 octobre 2014, Meer Jawe-Dalbandin, Pakistan*

Encore secoués par les émotions de la veille, nous nous réveillons de bonne heure en espérant ne pas avoir à revivre le même type de journée éprouvante et infernale. Nous avalons rapidement quelques bouchées de pain et des dattes, les seuls aliments que nous avons pu dénicher et manger en trente-six heures, avant de rejoindre les policiers dans le hall de l'hôtel et de monter dans leur véhicule.

Nous atteignons assez rapidement la frontière, mais c'est une fois dans le no man's land que les choses se compliquent. Les policiers doutent de notre bonne foi et ne saisissent pas l'objectif de notre projet. Les interrogatoires reprennent, les formulaires à remplir s'entassent… La sensation étrange d'être inculpés pour un crime inexistant nous envahit. Nous finissons tout de même par entrer au Pakistan avant de nous voir conduits à la base militaire attenante.

Là, l'attente reprend. Les baraquements, archaïques et encerclés de clôtures, sont posés en plein désert. La végétation est totalement absente, seuls du sable et des roches composent le décor. Les militaires semblent surpris de nous voir débarquer dans leur univers austère. Nous observons leurs rituels matinaux faits de chants et de prières, et tentons d'échanger avec eux. L'atmosphère s'allège lorsque nous leur faisons voir quelques tours de magie et que je sors mon diabolo. Un court instant seulement, car un homme revient nous chercher pour nous installer dans un bureau.

L'attente, de nouveau. Des papiers à renseigner, des questions, toujours les mêmes. Puis, plus rien. Sans surveillance un court instant, et enfin avec nos passeports en poche, nous sautons sur l'occasion pour activer le plan B. Nous avons eu l'information qu'un bus partirait dans l'après-midi. Par un petit chemin de terre, nous rejoignons le village de Taftan, situé non loin. L'homme en charge de notre garde ne tarde pas à remarquer notre absence, nous sentons l'agitation derrière nous. L'adrénaline monte en flèche d'autant plus que nous continuons pendant tout ce temps à documenter notre aventure en filmant en caméra cachée, mais le calme est de rigueur.

Nous trouvons refuge dans une petite boulangerie mais la cavale ne dure pas longtemps. La police civile retrouve notre trace sans s'alarmer et nous laisse profiter de cette pause et partager un thé et du pain chaud avant de nous emmener dans le bureau du chef. Cette fois encore, l'absence d'uniforme sème le doute quant à la réelle fonction de ces hommes. Sont-ils vraiment de la police comme ils nous l'affirment ? La situation s'éclaircit un peu lorsque nous pouvons converser avec notre intermédiaire en anglais. Mais l'argent, que nous n'avons pas, pose définitivement problème. Il nous faut trouver un compromis puisque nous ne pouvons payer le taxi qu'il propose et que lui ne cède pas sur le fait de nous autoriser à prendre le bus.

La solution viendra de son supérieur. Les dés sont jetés, nous serons escortés pendant 600 kilomètres jusqu'à Quetta.

Les check points rythment le trajet, les changements de véhicule également. L'occasion de nous dégourdir les jambes. La route, droite, s'étire à l'infini. Les températures grimpent. Muammer troque son bonnet contre un chèche, idéal pour se protéger du trio soleil-vent-poussière.

Regards vissés sur l'horizon, armes au poing, nos escortes sont concentrées. Pourtant, l'ambiance est loin d'être pesante, les regards échangés sont compréhensifs. Nous ne sommes pas seuls avec les militaires aujourd'hui. Ilker, d'origine turque, fait le voyage avec nous. Son sourire, son apparence décontractée agissent sur nous comme un antidote aux appréhensions. Sa compagnie est un véritable cadeau.

Arrivés à Dalbandin, nous nous retrouvons immédiatement parqués à l'hôtel où Ilker nous invite à partager sa chambre. Un policier nous surveillera toute la nuit car nous avons l'interdiction formelle de quitter notre hébergement. Du balcon, nous observons les allées et venues des

J 1 - Mardi 9 septembre 2014.

Grand départ de la tour Eiffel.

J 2 - À Strasbourg,
la ville natale de Muammer.

J 5 - Au bord du Danube, Budapest.

J 3 - Invités au restaurant
par Jonas, Munich.

J 4 - Avec Ali l'Afghan, Linz.

J 10 - Réveil à la mosquée Kocatepe, Ankara.

J 10 - Mausolée d'Atatürk, le père des Turcs, Ankara.

J 13 - Mariage kurde, Altinova.

J 8 - La mosquée Bleue, Istanbul.

J 11 - Vol en montgolfière en Cappadoce, Göreme.

J 16 - Avec Enes, Erzurum.

J 17 - Avec Davut et Josep, Erzurum.

J 23 - Attente de visa iranien, Erzurum.

J 18 - Thomas et Christelle, deux Alsaciens qui voyagent à vélo, Erzurum.

J 15 - Frontière Turquie-Iran, la police nous aide, Gürbulak.

Auto-stop direction Iran, l'attente est parfois longue...

J 26 - Sharam, Zahra et Shyli, Yazd.

J 25 - À Ispahan.

J 25 - Chez Kalender le soufi avec Leïli, Ispahan.

J 28 - Direction Zahedan avec les jeunes Baloutches.

J 24 - Milad Tower, Téhéran.

J 30 - Escorte militaire, Zahedan.

J 31 - Escorte policière avec Ilker, Dalbadin.

J 27 - Invitation à la fête du sacrifice, Yazd.

J 32 - Escortés par la police, Quetta.

J 34 - Mariage à Lahore.

J33 - Dans le train, direction Lahore.

J 34 - Pakistan.

J 35 - Dans le train pour New Dehli.

J 36 - New Delhi.

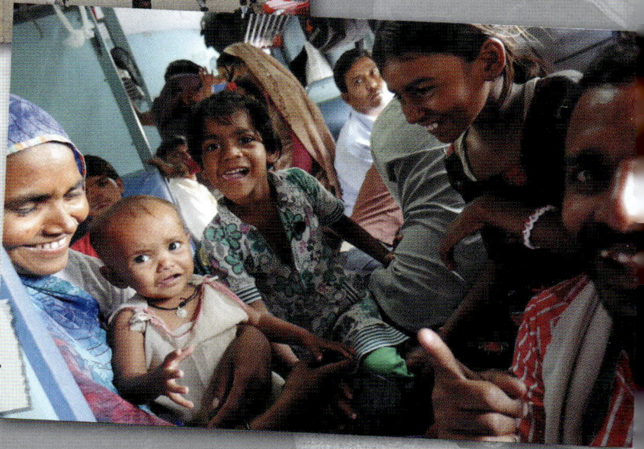

J 37 - Train pour Agra.

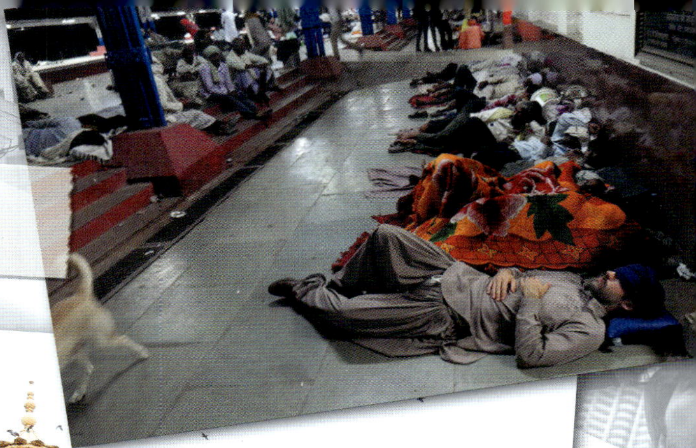

J 39 - Mahoba.

J 38 - Agra.

J 38 - Orchhâ – Jana.

J 38 - Musique spirituelle, Orchhâ.

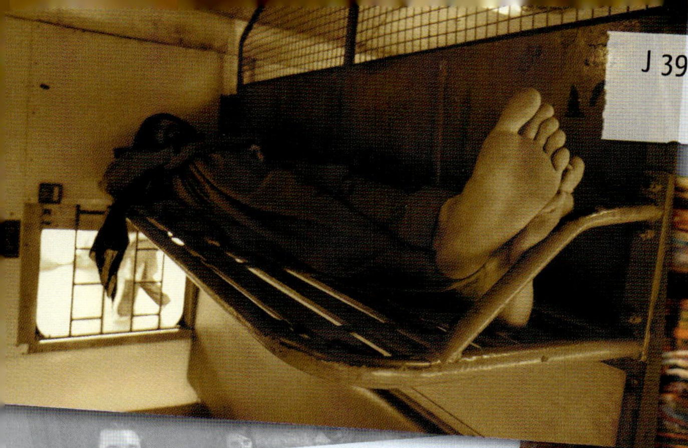

J 39 - Dans le train pour Varanasi.

J 40 - Debasish, Varanasi

J 40 - Varanasi.

J 41 - Spectacle de diabolo en musique.

J 41 - Purification dans le Gange.

J 42 - Calcutta.

J 42 - Iftekhar et ses amis, Calcutta.

J 44 - La famille d'Amit nous offre nos premiers billets d'avion, Calcutta.

J 44 - On the news !, Calcutta.

J 45 - Bangkok.

J 45 - Dans un temple à Bangkok.

J 47 - Avec Stephen, Koh Tao.

J 48 - Dans le train pour Hat Yai.

J 51 - Rusli et son frère jumeau, Kuala Lumpur.

J 51 - Kuala Lumpur.

J 53 - La famille iranienne qui nous a offert une nuit de rois au Pan Pacific, avec Victor, Singapour.

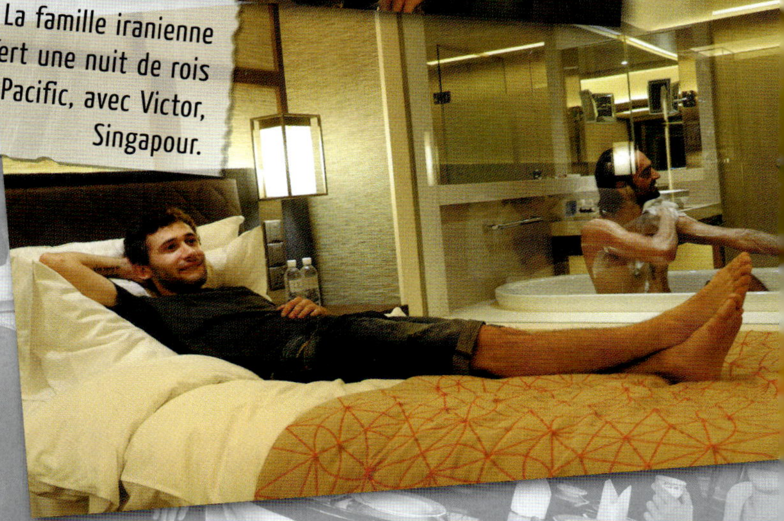

J 55 - Recherche de billets d'avion, Singapour.

J 56 - La joie à Singapour, Anahita (iranienne) et Aziz (Turc) nous offrent nos billets d'avion pour l'Amérique !

J 58 - À San Francisco avec J. B. Wood.

J 59 - San Francisco,
on se sent tellement libres !

J 61 - Salt Lake City.

J 59 - Comme des frères, océan Pacifique,
USA.

locaux. Les nuages de poussière accompagnent chaque mouvement des véhicules et se fondent dans le paysage fait de constructions sommaires de briques et de terre. La nuit tombe sur la ville. Dans le silence et l'obscurité, une apparition nous surprend. Un jeune garçon d'une douzaine d'années vient nous trouver. Son anglais parfait, son allure douce et soignée, ses connaissances et ses ambitions viennent contrebalancer le dur vécu de cette journée. Un message d'espoir et d'humanité.

Soulagés de voir cette journée terminée, nous partageons avec bonheur un repas avec Ilker. Le premier depuis quarante-huit heures. Nous apprécions chaque bouchée de pommes de terre, de viande en sauce et de naan, et nous endormons ensuite l'esprit tranquille…

## *Jour 32 - vendredi 10 octobre 2014, Dalbandin-Quetta, Pakistan*

Deuxième jour au Pakistan, la route est longue pour atteindre Quetta, capitale de la province du Baloutchistan. Toujours en zone à risques car limitrophe de l'Afghanistan, nous n'avons pas, aujourd'hui encore, la possibilité de voyager par nous-mêmes et les militaires nous escortant ont repris nos passeports. La ligne de train n'est plus en fonction et les bus n'acceptent désormais plus les touristes. Après dissipation, la veille, de quelques tensions, la police pakistanaise accepte de nous prendre une nouvelle fois en charge : le rendez-vous est fixé à 8 heures. Ilker a tout juste le temps d'acheter trois bouteilles d'eau et nous voilà partis pour plus de 300 kilomètres dans des paysages désertiques.

Première escorte, première voiture. Le ballet recommence. Entourés d'hommes armés, ne captant que des bribes de conversation dans une langue qui nous est étrangère, nous nous laissons gagner par l'appréhension. Une centaine de kilomètres plus loin, c'est un deuxième véhicule qui nous emmène, puis un troisième, et ainsi de suite. Les zones d'escorte sont délimitées, apprendrons-nous, et la milice mobilisée doit se relayer pour assurer notre sécurité.

Le contexte est lourd et pesant. La cadence est étourdissante. Les vrombissements des moteurs entêtants, les secousses épuisantes. Le soleil tape et aveugle, le vent et les grains de sable fouettent le visage et assèchent la gorge. Les routes sinueuses et chaotiques semblent interminables à l'arrière des pick-up. La fatigue et la faim nous envahissent.

Et pourtant.

Plus les heures passent et plus les sensations de malaise s'amenuisent. Les situations incongrues remplacent les moments de doute, et l'on se laisse aisément et agréablement surprendre par ces instants de légèreté. Comme partager un thé en pleine montagne, au milieu de nulle part, avec les policiers et les chauffeurs des camions qui transportent du gaz, escortés eux aussi. Ou se retrouver à l'avant d'un de ces camions, deux sièges pour trois, sac à dos sur les genoux, dans une chaleur insupportable, et avoir pour seule escorte une Mobylette qui nous ouvre la route…

Des contrastes, sans cesse.

C'est en effet une tout autre ambiance, bien plus sérieuse, que nous découvrons à notre arrivée, de nuit, dans la ville de Quetta. La circulation se fait plus dense, les secousses plus vives, les klaxons retentissent. Notre véhicule ralentit, puis s'arrête. Le chauffeur coupe le moteur, les portières claquent. L'obscurité et le silence nous enveloppent.

Au terme d'une discussion qui nous paraît délicate, nous connaissons un nouveau transfert et vivons notre première expérience en camion blindé, entouré d'un commando antiterroriste. Le stress monte, les questions fusent, mais la route continue, ponctuée des « *change* » devenus familiers et accompagnée, au loin, par des sirènes inquiétantes. Deux jours plus tôt, une bombe a explosé dans une mosquée de la ville. Une semaine auparavant, un attentat était orchestré à l'aéroport. Nous ne faisons que traverser le pays, mais nous avons largement le temps de prendre conscience de la dure actualité.

Une traversée riche en émotions et en souvenirs. Les kilomètres dans la poussière, le rythme imposé par les escortes, les armes glaçantes. Vingt-trois véhicules et plus de cent policiers mobilisés au total. Douze heures sans manger.

Une journée intense, marquée par les rencontres, les visages, les regards, les sourires. Par la bienveillance et la chaleur humaine, malgré le contexte. Et par la présence rassurante d'Ilker qui nous offre le repas et la nuit d'hôtel à notre arrivée.

Une nouvelle étape incroyable, des expériences inédites. L'aventure, toujours.

## *Jour 33 - samedi 11 octobre 2014, Quetta-Lahore, Pakistan*

Le cadre de l'hôtel, calme et verdoyant, nous procure une sensation de bien-être, de tranquillité, après ces trois journées mouvementées sous escorte. Nous profitons avec Ilker du petit-déjeuner dans le jardin pour étudier notre plan d'action de la journée.

Hors de question de subir encore aujourd'hui l'autorité de l'armée et de repousser notre départ de Quetta jusqu'à ce qu'elle nous y autorise. Nos passeports en poche, nous nous faufilons hors de l'hôtel et partons sans perdre de temps en direction de la gare grâce à une voiture qui nous y dépose. Ilker achète les billets et, une fois à bord du train, un immense soulagement nous submerge tous les trois.

La liberté, enfin. Nous reprenons les rênes de l'aventure.

Le sifflement marque le départ vers Lahore. Vingt-six heures de voyage en prévision. Le train est bondé, nous n'avons pas de places attribuées. Pourtant, des passagers se serrent pour nous accueillir dans leur compartiment. Un geste comparable à celui dont nous avions bénéficié dans le bus pour Zahedan. Certains locaux parlent anglais, comme Saif, et nous sommes ravis de pouvoir un peu échanger, sur nos différences culturelles notamment.

À chaque arrêt, des vagues de voyageurs se croisent, montant et descendant des voitures. Lors d'une de ces escales, Hasan nous fait signe de les rejoindre, lui et ses amis, installés sur le quai pour manger. À même le sol, au milieu des va-et-vient, nous goûtons à la cuisine traditionnelle. L'instant est unique.

Nous nous plaisons à observer pendant des heures notre nouvel environnement. Les Pakistanais et leurs regards perçants, leurs attitudes posées, leurs sourires troublants. Nous observons et nous apprenons.

Le coucher de soleil teinte de nuances dorées et orangées les étendues de sable qui nous entourent. Nous quittons les zones arides et steppiques de la province du Baloutchistan en emportant avec nous les souvenirs d'une traversée épique. Pour la première fois, sans doute à cause de ce que nous avons vécu, le sentiment de sécurité nous amène à nous endormir en même temps. Plus de surveillance, moins de craintes : retrouver le lâcher-prise est agréable.

### *Jour 34 - dimanche 12 octobre 2014, Lahore, Pakistan*

Au petit matin, la fatigue se lit sur les visages des passagers. Certains ont dormi par terre dans la poussière et la saleté, comme Ilker, d'autres à tour de rôle, recroquevillés sur les banquettes, comme nous. Des draps sont étendus et suspendus ici et là pour assurer un peu d'intimité. Le moindre espace est investi et les déplacements sont limités dans les couloirs des voitures.

Dehors, la brume matinale recouvre les champs de culture. Le paysage, verdoyant, est bien différent de celui que nous avons côtoyé ces derniers jours. Nous sommes à présent dans la province du Penjab, principale région agricole du Pakistan. Au fur et à mesure que nous nous rapprochons de notre destination, la distance entre les villages et les villes se réduit, les constructions, souvent en ruine, sont éparpillées.

Nous atteignons enfin Lahore, avec près de six heures de retard. La descente du train se fait dans une cohue monumentale et nous sommes projetés dans un nouvel univers, chaotique et inconnu. C'est ici, sur le quai, que notre chemin se sépare de celui d'Ilker. Une dernière embrassade et un dernier regard échangé qui en disent long sur la gratitude et le respect que nous éprouvons envers lui après les difficultés et les épreuves traversées ces trois derniers jours. Sa présence a définitivement marqué l'aventure Optimistic Traveler.

À l'extérieur de la gare, la cacophonie règne. Le flot de circulation et de piétons nous entraîne dans son rythme infernal. Nous nous heurtons une fois encore aux difficultés linguistiques lorsque nous tentons des approches avec les locaux malgré notre lettre magique en urdu écrite par Bilal à Téhéran. Heureusement, nous tombons rapidement sur Kharim qui parle, lui, un bon anglais. Nous engageons la conversation et, de fil en aiguille, atterrissons dans un petit restaurant. Sociologue de profession, Kharim nous parle avec conviction de son peuple, pacifiste et progressiste, et espère voir son pays former de judicieuses alliances pour lutter contre l'inflation et la pauvreté, tout en nous commandant de quoi boire pour nous rafraîchir.

Sur ces paroles optimistes, Kharim nous conduit à un hôtel, toujours dans le quartier de la gare. Le gérant, après un quiproquo sur le règlement de la chambre, accepte de nous loger pour la nuit. Si le confort est plus que rudimentaire et le niveau de propreté difficilement acceptable, nous lui sommes tout de même reconnaissants de nous offrir un toit sous lequel dormir ce soir.

Nous ressortons explorer les environs en fin d'après-midi. Au hasard de la balade, nous passons devant un barbier. Un regard complice entre nous, quelques mots échangés avec le barbier et nous voilà calés dans les fauteuils, prêts à nous délester de nos barbes. Les installations, archaïques, provoquent des frissons dans le dos, mais l'accueil est irréprochable. Les gestes sont précis malgré la lumière qui disjoncte toutes les cinq minutes. Un homme bricole deux fils électriques sur un panneau extérieur et l'affaire semble réglée, au moins pour la soirée.

Nous reprenons nos pérégrinations, fiers de nos moustaches impeccables. Nous multiplions les rencontres, goûtons à différentes spécialités qui nous sont proposées aux stands de cuisine de rue. Samoussas épicés, naans sortant du four, grenades ou bananes, nos papilles s'en donnent à cœur joie.

Une dernière surprise nous permet de clore en beauté notre dernière étape au Pakistan. Au détour des rues, la musique et l'agitation provenant d'un chapiteau nous interpellent. Nous jetons un œil derrière les épais rideaux. À l'intérieur, la fête bat son plein, deux mariages y sont célébrés. Par chance, un membre de l'équipe d'organisation nous fait entrer. L'atmosphère irradiante nous transporte au cœur de la culture pakistanaise. Les tenues traditionnelles des femmes brillent de mille feux, les regards noirs et espiègles des enfants nous hypnotisent. Nous nous mêlons à la foule qui nous accepte sans sourciller. Un show de diabolo plus tard et nous faisons désormais partie intégrante de la fête. Une fête de courte durée car régie par des règles strictes. Mariage ou pas, l'extinction des feux et de la musique est à 22 heures pile !

Une expérience magique et lumineuse que nous ne sommes pas près d'oublier.

# De l'Iran au Pakistan

34 jours = 9 837 km

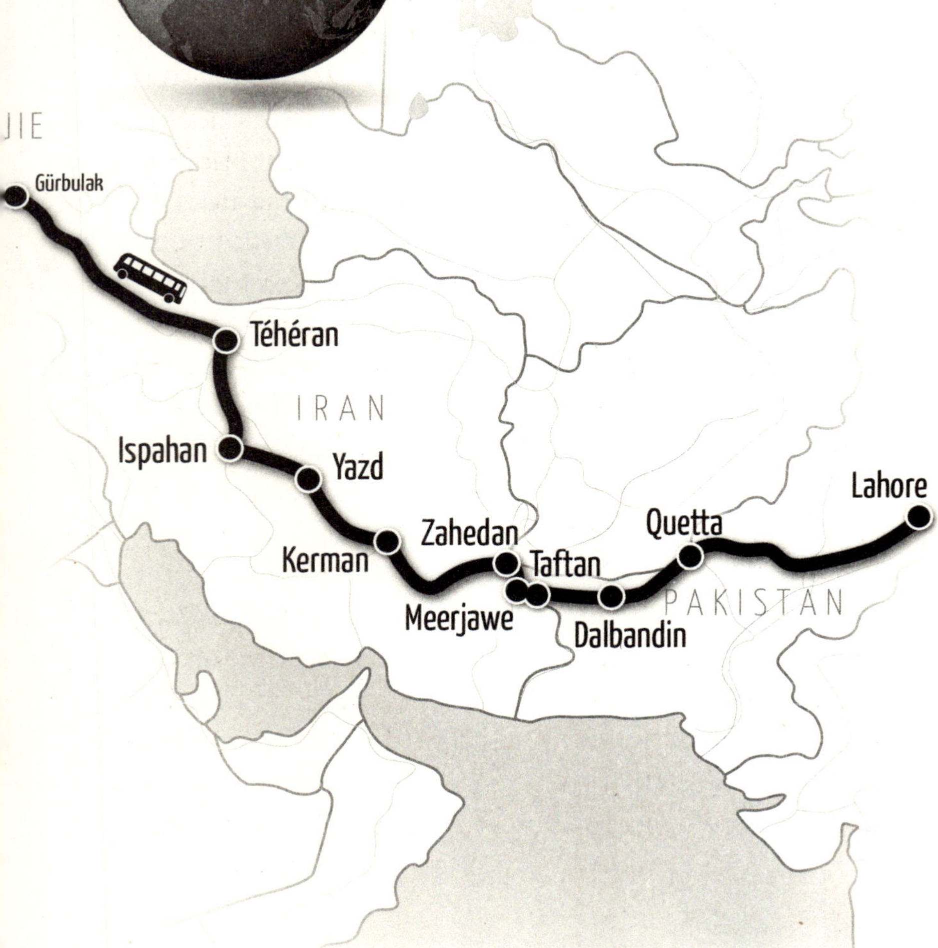

## Jour 35 - lundi 13 octobre 2014, Lahore-New Delhi, Inde

Reposés malgré les conditions sommaires, nous nous lançons de bonne heure à l'assaut de cette nouvelle journée. Le bruit toujours omniprésent et la circulation incessante nous tournent la tête, mais nous continuons notre chemin.

Nous faisons connaissance avec un groupe de jeunes étudiants et leur racontons brièvement notre projet. Milan leur fait une démonstration de diabolo, ce qui nous vaut quelques billets tendus que nous refusons pour ne pas trahir le principe de notre voyage. Ils les donnent alors au conducteur d'un *qingqi* attiré par l'attroupement. À bord de la carriole multicolore, notre chauffeur attitré nous emmène en direction de l'arrêt de bus qui rallie la frontière indienne. Le long de la route, nous découvrons émerveillés l'interminable file de camions pakistanais, ces fameux trucks bariolés, tous plus beaux les uns que les autres.

Notre excitation est à son comble à l'approche du poste frontière. Mais une mauvaise nouvelle – la disparition de notre caméra Go Pro, la deuxième du voyage, dont nous venons de nous apercevoir – entache légèrement l'instant, sans nous arrêter pour autant. Vol ou perte, nous n'en savons rien mais il faudra montrer plus de vigilance avec notre troisième et dernière caméra.

L'Inde est là, devant nous, et nous franchissons ses portes sans encombre.

Une jeune femme iranienne nous invite alors à partager son taxi. Une chance car les passants se comptent à cet endroit sur les doigts d'une main. L'offre nous permet de rejoindre la ville la plus proche, Amritsar. De là, nous décidons de gagner New Delhi. L'euphorie et la joie d'être arrivés en Inde retombent immédiatement face à la dure réalité. Le faible niveau de vie et la pauvreté extrême nous émeuvent et nous mettent dans une position délicate. Mais ici comme partout, notre bonne étoile nous guide vers un bon Samaritain qui nous offre nos billets de train. Nos trois heures d'attente s'envolent lors de la délivrance du sésame. Un voyage qui nous donne l'occasion de faire de belles rencontres.

L'équipe de hockey d'Amritsar fait une partie du trajet en notre compagnie. L'ambiance est enjouée, ils s'amusent à nous transformer en sikhs en nous coiffant de turbans et nous nous laissons faire, ravis de partager un tel moment. Nous observons par ailleurs, fascinés, un jeune Sâdhu[1] qui ne lâche pas sa statuette dorée à

1. Ascète hindou qui a renoncé à toutes les attaches de la vie matérielle pour se consacrer à la recherche spirituelle.

l'effigie de Krishna. Sa tenue d'un safran éclatant, son regard hypnotisant et son élégance lui confèrent un charisme exceptionnel.

La nuit est complètement tombée lorsque nous arrivons à New Delhi. Sur le quai, nous reprenons notre conversation avec Surinda et son mari rencontrés plus tôt à bord de la première classe lors d'un de nos discours pour attirer l'attention sur notre challenge. Nous essayons d'obtenir des informations sur la ville et sur les endroits où nous pourrions être susceptibles de dormir. Surinda réfléchit, hésite, puis nous entraîne dans des dédales de couloirs jusqu'à la sortie de la gare. Nous rejoignons un de ses amis et partons ensemble en voiture. Le mystère est entier.

Quelques instants plus tard, nous découvrons, ébahis, le temple sikh qui se dresse devant nos yeux. L'architecture d'un blanc immaculé et les dorures de la coupole du Gurudwara Bangla Sahib captent toutes les lumières dans l'obscurité. Surinda nous mène jusqu'à l'entrée. À l'intérieur, un groupe d'hommes nous explique qu'il est effectivement possible de dormir dans ce lieu de culte. L'un d'eux, Lucky, nous indique la direction de la salle. Il nous donne son numéro de téléphone et nous propose de nous accueillir dans l'un de ses hôtels.

Dans la pièce commune, plus d'une cinquantaine d'hommes dorment à même le sol. L'occasion de passer la nuit dans ce lieu saint est tentante, mais notre rencontre avec Lucky nous a plu et nous avons envie de faire sa connaissance.

Ce dernier, peu surpris par notre appel, s'empresse de revenir nous chercher pour nous emmener dans un petit hôtel de famille. Entrepreneur, multipliant les activités et possédant un large réseau, Lucky est un personnage captivant. Nous tissons immédiatement des liens avec cet homme à la générosité sans faille. Pressé, il nous laisse nous installer seuls dans la chambre, mais ne manque pas de nous faire savoir que nous devrons compter sur sa présence pendant nos quelques jours à New Delhi.

Le rendez-vous est pris.

## Jour 36 - mardi 14 octobre 2014, New Delhi, Inde

Nous nous réveillons en Inde, à New Delhi, entre les murs d'une petite chambre d'hôtel. Encore un pays de plus à ajouter sur la liste du *80 Days Challenge*. Et quel pays ! L'un comme l'autre, nous ne pouvons cacher notre excitation. L'Inde et toutes les images qu'elle véhicule, nous les portons en nous et avons hâte d'aller à leur rencontre. Sans perdre une minute, nous nous préparons pour aller explorer la ville. Journée de répit, pas de kilomètres à avaler aujourd'hui, les sacs restent à l'hôtel : voilà une plus grande liberté de mouvement assurée.

À peine sortis, nous éprouvons une sensation incroyable. L'ambiance, si particulière, nous emporte et nous soulève en une fraction de seconde. Couleurs, bruits, odeurs, les sens sont en alerte, bousculés par tant d'informations.

La circulation, dense, procure un fond sonore omniprésent, incessant. Les coups de klaxon s'ajoutent aux vrombissements des moteurs, les sonneries et les alarmes emboîtent le pas aux cris et aux conversations qui peinent à se faire entendre dans ce brouhaha.

Visuellement, c'est une explosion de détails. À première vue, le chaos semble se dresser devant nous dans la rue. Un rickshaw s'engage, puis un bus, une voiture. Un tuk-tuk dépasse la file par la droite, une Mobylette par la gauche. Vous ajoutez un piéton par-ci, une vache – animal sacré – trônant sur la chaussée par-là. C'est à n'y rien comprendre, et pourtant, à bien y regarder, le chaos se transforme et l'on se laisserait aller à lui trouver des airs de ballet, millimétré à la seconde près.

Tout autour, les échoppes, les bâtiments et les baraquements se succèdent et s'entassent de façon plus ou moins archaïque. Tôle et béton, auvents de toile, terrasses surplombant les rues animées, l'architecture brinquebalante étonne et brouille nos repères occidentaux.

Les échoppes de tissus, saris, pashminas et bijoux explosent de couleurs. Les enseignes lumineuses sont reliées par d'interminables lignes de fils électriques à des normes qui éveillent la suspicion, et les panneaux d'affichage tentent tant bien que mal d'écraser la concurrence.

Plus loin, c'est la cuisine de rue qui réveille l'odorat. Les effluves de cuisson, fumée vaporeuse ou friture plombante, distillent un mélange d'épices aux mille saveurs.

En plus de cette facette définitivement mouvementée, New Delhi dévoile un tout autre visage. Les jardins de Lodi sont un écrin de verdure au cœur de la capitale. La végétation y abonde. Le vent soulève délicatement les branches et les palmes, caresse les fleurs blanches. Les amoureux viennent s'y réfugier, les autres s'y ressourcer.

Les nombreux temples, mosquées et lieux de culte inhérents à la culture indienne appellent également au recueillement et à l'écoute de soi. Que l'on soit croyant ou non, la multiplicité des religions et l'importance de la foi inspirent le respect et la tolérance.

L'architecture même de ces lieux nous fascine – quelle facétieuse construction que le temple du Lotus ! Les visiter nous remplit les yeux d'étoiles et rassasie notre soif de découverte.

Une sensation qui ne faiblit pas au contact de la population. La pauvreté est là, bien sûr, tout comme l'incompréhensible système des castes, mais on oublie tout face aux sourires, aux regards, à la curiosité, à la disponibilité et à l'extrême gentillesse des Indiens.

Car sans l'intervention de Lucky, notre porte-bonheur sikh et acteur bollywoodien, de Sundar, son chauffeur et ami qui nous fait traverser la ville, des nombreux vendeurs et marchands, et des touristes croisés sur le chemin comme cette famille venue d'Israël, notre journée à New Delhi n'aurait jamais été aussi riche…

## *Jour 37 - jeudi 15 octobre 2015, New Delhi-Agra, Inde*

Deuxième réveil à New Delhi. Revigorés par la nuit et inspirés par notre journée de la veille, nous nous élançons dans la ville avec la fougue et l'impatience de deux jeunes enfants.

Tant de choses à faire aujourd'hui !

Retrouver Lucky d'abord, pour lui confier notre trésor... Les cartes mémoire qui contiennent toutes les vidéos et photos de notre voyage rebrousseront chemin jusqu'à Strasbourg pour être mises en lieu sûr grâce à son intervention.

Trouver de quoi manger, ensuite. Le petit-déjeuner est le repas le plus important de la journée, dit-on toujours. Même lorsqu'on traverse le monde sans argent, on essaie de ne pas déroger à la règle. Surtout, nous ne résistons pas à l'opportunité de faire de nouvelles rencontres. De retour dans le restaurant que nous avions découvert la veille, nous conversons quelques instants avec deux jeunes Anglais établis à Hong Kong – l'un travaille dans la finance, l'autre dans l'immobilier – de passage en Inde. Des voyageurs, nous en croisons chaque jour ou presque. La Terre est notre terrain de jeu à tous.

Une dernière mission, enfin. Nous nous rappelons le rêve de Recep, notre ami turc de Mus. En attendant de pouvoir un jour visiter l'Inde, il nous avait offert un t-shirt, un symbole qui devait faire la route avec nous. Son souhait est désormais exaucé et nous lui envoyons, amusés, la preuve en image !

S'ensuit une longue marche éprouvante vers la gare. Slalomant dans la circulation, accablés par la chaleur, la poussière et la pollution, on reçoit, en pleine face, tous les mauvais côtés d'une mégapole. Un sombre visage que l'on quitte bien vite en prenant place dans le train pour Agra, grâce aux deux billets offerts la veille par Sundar.

Là encore, la réalité nous rattrape. De peu. Installés dans la mauvaise voiture, nous échappons à une amende de 600 roupies. Voilà qui n'aurait pas arrangé nos affaires ! Nous profitons du premier arrêt pour sauter dans le bon wagon, et dans une autre dimension. Le train est bondé, c'est peu de le dire. Chacun peine à trouver place, les sacs et les valises s'entassent dans les couloirs, les porte-bagages en hauteur servent de banquettes pour les voyageurs. La communication est difficile, mais les regards ne trompent pas. Intrigués, curieux, les enfants ne nous lâchent pas des yeux. Nous balbutions quelques mots en anglais avec une famille, essayons de nous greffer à un groupe d'amis en route pour visiter le Taj Mahal. Le trajet est une véritable plongée au cœur des populations indiennes. Nous trouvons plus tard refuge et un peu de fraîcheur sur une plate-forme entre deux voitures. Le vent s'engouffre par les ouvertures, la chaleur devient supportable, et les paysages, chemins rocailleux et champs de culture à la végétation dense, défilent lentement de part et d'autre.

Une fois à la gare d'Agra, nous quittons l'atmosphère si particulière du train. Affamés, nous sommes secourus par le patron d'un petit restaurant pas très engageant d'apparence mais très attrayant par ses noodles fumantes qui nous redonnent un coup de fouet.

De l'énergie, voilà ce dont nous avons maintenant besoin. Le Taj Mahal est à portée de pas et il n'est pas question de passer à côté de ce joyau.

On nous dépose rapidement en voiture à l'entrée de ce qui ressemble à un parc et le parcours du combattant commence. D'une caisse à un poste de contrôle, de réponses positives en réponses négatives, de touristes locaux aux étrangers, nous faisons la navette. L'excitation monte, puis retombe, la réponse sonne tel un couperet. La forteresse garde bien au chaud son précieux trésor. Il en est ainsi, nous ne visiterons pas le mythique, symbolique et majestueux palais aujourd'hui.

Un dernier coup d'œil par-dessus notre épaule et nous prenons la direction du centre-ville d'Agra. Au détour des rues, nous sommes embarqués dans un défilé. Mariage, procession ou festivité quelconque, difficile de savoir, mais la musique nous entraîne et nous fait, en un clin d'œil, oublier notre déception. Un moment magique, coloré, animé. L'Inde nous rappelle avec malice qu'elle possède bien des joyaux.

Lieu touristique oblige, les voyageurs ne sont pas rares. Conséquence ou simple fait, les commerçants et les locaux sont craintifs face à nos tentatives d'approche. La nuit risque d'être bien longue sans hébergement. La faim et la fatigue mêlées aux divers refus créent un climat négatif qui déteint sur notre humeur. Les désaccords ne sont pas loin…

Il nous suffit pourtant de pousser la porte de l'hôtel Sidharta et de tomber sur son manager, Chandra, pour que notre soirée prenne une tout autre tournure. Pourvu d'une grande générosité, cet homme partage et donne ce qu'il peut, tout en respectant les responsabilités qui incombent à son travail. Grâce à lui, nous dormirons encore à l'abri cette nuit, dans une chambre propre équipée d'une douche et du wi-fi. Le luxe !

La soirée se termine sur le toit d'un restaurant en joyeuse compagnie. Jana, guide touristique tchèque, son groupe de touristes et un couple brésilien : nous voilà bien entourés. Sous le ciel étoilé, la chance nous sourit encore et encore.

## *Jour 38 - jeudi 16 octobre 2014, Agra-Orchhâ, Inde*

Au petit matin, alors que nous sommes nichés sur une terrasse dominant la ville d'Agra, le calme nous saisit. D'ici, la vue sur le Taj Mahal est prodigieuse. La brume confère des teintes douces et pastel à l'horizon, et ondule entre ciel et terre. L'architecture faste du palais qui se dessine au loin contraste avec les maisons bien souvent délabrées qui sont à nos pieds. Le chant des oiseaux nous réveille paisiblement, des échos de musique nous enveloppent, et l'on sourit, amusés, en voyant les singes qui jouent les équilibristes sur le bord des toits.

Le ciel se dégage et laisse percer les premiers rayons du soleil. La lumière rosit et rougit, il est grand temps de partir à l'assaut du Taj Mahal. Nous ouvrira-t-il ses portes aujourd'hui ? Il faut croiser les doigts…

L'affluence y est moindre que la veille, mais tout de même impressionnante au vu de l'heure plutôt matinale. Très vite, nous rencontrons une touriste australienne. Enchantée par sa visite, elle décide aussitôt de nous aider en nous offrant, avec la monnaie qui lui reste, un billet. Le sésame tant attendu.

Comment décider qui de nous deux profitera de cette chance ? On opte pour la bonne vieille méthode du tirage à pile ou face. Un passant accepte de nous prêter une pièce et de jouer les témoins, le sort en est jeté. Muammer remporte la partie, pour en inverser aussitôt les règles.

– J'offre mon ticket à mon ami Milan !

La surprise et l'incompréhension doivent se lire sur mon visage, avant d'être remplacées par la joie quand je réalise que Muammer me cède bel et bien sa place.

Émerveillé, je parcours les longues allées en compagnie du groupe de jeunes rencontré la veille dans le train pour Agra, je m'imprègne des moindres détails. Le blanc immaculé des murs du mausolée en marbre dévoile aux curieux ses gravures, ses entrelacs et ses écritures.

Muammer, pendant ce temps, traverse la Yamuna et se rend sur l'autre rive à la recherche de l'inconnu. Quête qui l'amène à partager un thé avec des locaux et à visiter un nouveau temple.

De nouveau réunis, nous repassons à l'hôtel avant de rejoindre Jana, le guide touristique. À bord d'un rickshaw, nous prenons la direction de la gare, séduits par l'idée de prendre le train pour Orchhâ avec les touristes tchèques. Une fois à la station, il nous faut trouver un financement pour les billets. Les négociations sont difficiles et Jana nous sauve en achetant nos places.

Nous disposons d'un peu de temps devant nous et la tentation est trop grande lorsque j'aperçois un groupe de musiciens. Un fond sonore tout trouvé pour un show de diabolo. L'idée, pour leur part, ne les enchante pas, pas plus que la police, qui ne tarde pas à intervenir pour me mettre à l'écart. Ce sera pour une autre fois ! De toute façon, le départ approche.

À bord du train, nous reprenons notre observation des cultures étrangères. Ici, nous y voyons l'illustration parfaite du cloisonnement des castes qui a cours en Inde. Une voiture, bondée, où la chaleur est insoutenable, précède une autre quasiment vide où la climatisation propulse son air frais.

Au bout de quelques heures, nous atteignons la petite ville de Jhansi. Nous rallions Orchhâ à une dizaine de kilomètres au sud, non sans peine, dans un rickshaw poussiéreux et visiblement pas tout jeune. Les motos, au minimum occupées par trois personnes, nous doublent aisément. Sur les bas-côtés, des enfants emboîtent le pas aux véhicules en courant et en s'amusant avec un vieux pneu et un bâton.

Pour une fois, nous décidons de prendre le temps de visiter la petite ville. Nous sommes surpris par le monde dans les rues et très vite, nous laissant aller à notre guise, nous nous perdons de vue. Deuxième séparation de la journée.

À partir de cet instant, nos expériences diffèrent.

Suivant l'odeur des étals de nourriture, passant de commerce en commerce, hypnotisé par les couleurs, Muammer se retrouve au milieu de la place principale :

« À l'ombre d'un grand arbre, sur des nattes colorées, sont installés là, à même le sol, une quinzaine d'hindous. Munis de cithares et de percussions, vêtus de longues tuniques recouvrant leurs sarouels, turbans vissés sur la tête, ils m'enjoignent de venir partager le thé avec eux. Âgés pour la plupart, ils ont des airs de patriarches. Leur longue barbe blanche tranche avec leur peau mate, leurs sourcils épais accentuent un regard déjà perçant. Les visages sont marqués par le soleil, la chaleur, la vie. Témoin d'un véritable tableau, d'une peinture de la culture locale, je profite de chaque instant. Ces hommes sont magnifiques de prestance. Leur sagesse transparaît dans leurs moindres attitudes. Si la communication à proprement parler est impossible, les regards et les gestes font tout. La musique aussi, à laquelle je me laisse aller, brise considérablement la glace. La foule s'agglutine au fur et à mesure que les musiciens jouent et chantent. Les minutes, les heures passent, le groupe est en transe. À regret, je finis par les quitter, mais je ne demeure pas en reste. Un jeune Indien, barbier, me propose de m'emmener dans son salon. Un détour par un temple et par sa maison plus tard, le jour déclinant puis la nuit noire nous entourant, me voilà fraîchement rasé, prêt à partir à la recherche de Milan. »

Quelques heures plus tôt, au fil de discussions avec les commerçants et les habitants, j'ai suivi un tout autre chemin.

Embarqué à bord d'une moto, je m'en vais visiter un premier temple en compagnie de locaux. Pas de musique ou de chant pour ma part, mais un moment de recueillement, de méditation et de partage avec mon guide. En grimpant sur les toits, je me fais, en prenant de la hauteur, une autre idée de la vie locale. La vue est magnifique, photogénique à souhait. Des souvenirs forts s'impriment dans ma mémoire.

Se perdre de vue dans cette petite ville nous aura permis de vivre des expériences à la fois différentes et parallèles, pour la première fois depuis le début de ce voyage. La richesse humaine, notre moteur, nous comble de bonheur. Seuls ou à deux, nous sommes capables de trouver ce que nous sommes venus chercher. Les échanges et les partages nous encouragent dans notre périple. Mais en se retrouvant ce soir dans les rues d'Orchhâ, nous en sommes maintenant certains : pour aller jusqu'au bout, l'aventure doit s'écrire à quatre mains.

## *Jour 39 - vendredi 17 octobre 2014, Orchhâ-Mahoba-Varanasi[1], Inde*

Gênés par les moustiques et les autres insectes, nous n'aurons pas trouvé le repos dans notre chambre d'hôtel réservée aux employés. Le niveau de propreté rencontré est parfois à son minimum… Et à l'extérieur, l'agencement des jardins et des lauriers-roses tente tant bien que mal de dissimuler les déchets et les immondices accumulés sur le sol.

Cela ne nous arrête pas pour autant. Bien contents de nous trouver dans une petite agglomération, nous délaissons notre hébergement de fortune pour les ruelles colorées et animées. Très vite, nous tombons sur un Indien avec qui Milan avait sympathisé la veille et partageons le petit-déjeuner avec lui. L'occasion, encore une fois, de goûter à la cuisine de rue traditionnelle : boulettes de légumes frits et dessert sucré, haut taux de lipides et de glucides assuré.

1. Varanasi, que l'on appelle également Bénarès.

Direction un des nombreux temples pour une promenade de santé. Impressionnés par l'affluence constante, nous nous laissons guider par les rencontres. Une fois le tika[1] rouge apposé sur mon front, nous nous lançons dans l'ascension des escaliers en colimaçon. Bientôt, la lumière point dans l'obscurité. Nous voici sur les hauteurs du monument. Milan s'en donne à cœur joie en escaladant les derniers mètres menant au dôme qui s'élève devant nous. En contrebas, la foule fourmille, la musique bat son plein. Nous remercions nos guides de cet instant inoubliable et prenons congé, la route nous rappelle à elle.

Notre objectif est d'atteindre Mahoba en autostop, pour gagner par la suite la ville de Varanasi. La Turquie nous paraît bien loin et nous retrouvons avec joie notre mode de déplacement favori. Fini les routes occidentales, le changement de tactique s'impose. Les piétons encombrent les bas-côtés de la route et les voitures sont difficilement accessibles, il va falloir jouer des coudes pour se faire remarquer.

Nous finissons par trouver un chauffeur coopératif. Six personnes sont déjà installées dans le véhicule. Visiblement, la quantité ne les effraie

1. Le tika, tilak ou bindu est une marque portée sur le front par de nombreux hindous, revêtant une signification religieuse, maritale ou yogique.

pas. L'un dans le coffre, l'autre sur un bout de banquette, nous voilà embarqués pour un trajet des plus étrange. La route nous trimballe gaiement, la musique traditionnelle retentit, puis le silence revient au fur et à mesure que la fumée émanant de la pipe de forme conique que se passent nos voisins se répand… Yeux brillants et sourires béats, ils sont tous en train de planer. Il ne nous semble pas que le tabac seul procure cet effet-là…

Une pause bienvenue au grand air, de nouvelles rencontres incongrues et un thé plus tard, nous reprenons notre parcours quelque peu dévié de son axe original. Déposés dans un petit village où personne ne parle anglais, nous perdons du temps à expliquer tant bien que mal notre projet et à nous faire indiquer la bonne direction. Toutefois, nous arrivons à attraper un bus qui nous ramène sur la route de Mahoba.

À partir de cet instant, à l'ombre d'un camion, les événements semblent reprendre un chemin moins chaotique. Une voiture finit par s'arrêter à notre hauteur. Son conducteur, Aashishh Kumar, et son ami travaillent dans le domaine de l'éducation. Ensemble, nous roulons jusqu'à Chhatarpur. Ils nous invitent à déjeuner dans un restaurant qui évoque étonnamment nos standards européens, puis nous ravitaillent en eau et en bananes avant de nous mettre dans un bus.

Mahoba, enfin. Dirpal Singh Rajput, infirmier de profession rencontré pendant le trajet, accepte de nous emmener chez lui après vérification de nos passeports. Quelque peu surpris par cette procédure, nous n'en sommes pas moins reconnaissants. Revigorés par une bonne douche, nous partageons un thé avec Dirpal qui nous conte sans attendre son mariage, sa plus belle histoire, album photo à l'appui. Nous plongeons dans son intimité, dans sa culture, au cœur de l'Inde et de ses couleurs locales. Nous partons ensuite avec lui faire une rapide découverte de la ville avant de monter dans un rickshaw direction la gare.

Le prochain train pour Varanasi ne part qu'à minuit et demie, nous avons la soirée devant nous. Une bonne chose, sachant qu'il nous faut obtenir nos billets. Intrigué par notre aventure, Shiram, commercial, promet de nous aider. Il nous offre un plat de légumes, de l'eau, et nous conduit dans son bureau en nous proposant de l'attendre là pendant qu'il fait un saut au mariage d'une connaissance. La satisfaction d'être au calme et pris en charge par cet homme laisse place, au fur et à mesure que les heures passent, à l'impatience et au doute. Reviendra-t-il à temps ? Nous achètera-t-il des billets pour le train ?

Face au stress, nous réagissons différemment et cela suscite quelques tensions. Milan ne reste pas en place et se rend à la gare. Il revient un peu plus tard avec un billet. Un show de diabolo lui a permis de récolter l'argent nécessaire. Nos principes sont remis en question par cette action. Nos avis divergent, mais le ton reste calme. Un deuxième show pour un deuxième billet. Soit. Nous aurons bien le temps de reparler de tout cela. Le départ est imminent, nous sautons dans le train.

Toujours pas de places numérotées, les voyageurs sont bien plus nombreux que les sièges… Nous passons la nuit à nous relayer pour dormir, ou du moins trouver un peu de repos, sur les porte-bagages métalliques situés en hauteur, ou assis sur un bout de banquette partagée avec une bonne poignée de passagers. Une nuit difficile, mais qui garantit des souvenirs, en plus des courbatures.

## Jour 40 - samedi 18 octobre 2014, Varanasi, Inde

Nous rejoignons Varanasi par le train de nuit. Épuisés par le voyage, nous devons encore marcher sur plusieurs centaines de mètres le long des rails, dans les sifflements des trains qui nous dépassent, pour atteindre le quai. Propulsés dans la ville, nous sommes abasourdis. Il y fait une chaleur accablante, les alentours de la gare grouillent de monde, les bruits sont incessants. Klaxons, circulation, population, tout est pour nous source d'agression à ce moment précis. Nos repères semblent complètement bouleversés, nous sommes perdus, comme sortant d'un décalage horaire.

Pourtant, l'aventure se déroule sans encombre et il n'y a pas grande différence comparé au moment où nous avons quitté Mahoba. À part le manque de sommeil, peut-être.

Surtout, notre arrivée à Varanasi, ville sacrée de l'hindouisme, marque la moitié de notre aventure. Quarante jours sur la route, quarante jours à venir. On se nourrit des échanges, on accuse les coups durs, on les accepte, on s'acclimate, et on repart, plus motivés que jamais à boucler notre challenge.

Assis à l'arrière d'un tuk-tuk, nous nous laissons porter par le flux hallucinant de la circulation. Démunis face à ce cirque, nous ne pouvons aider notre chauffeur qui peine à nous traîner sur la piste. Un sentiment d'impuissance qui dérange et perdure. Nous nous enfonçons alors à pied dans le dédale de ruelles exiguës.

Adossée à la rive gauche du Gange, la vieille ville se dévoile tel un labyrinthe. Au détour des stands d'alimentation et des boutiques d'artisanat, nous tombons comme par enchantement sur celui qui se révélera être notre guide, touristique et spirituel, pour cette journée.

Debasish n'est pas un simple marchand de soie et de saris. Adepte du reiki[1], ou plutôt du courant néoreiki qu'il enseigne, il partage avec nous sa philosophie de vie et son approche de la spiritualité indienne et des énergies, en toute simplicité. Avec une touche d'humour, il illustre la foi et les croyances qui animent son peuple.

– Vous, Européens et Occidentaux, avez ces marques et ces rides sur le front. Nous, nous ne clignons jamais des yeux, ou seulement si Dieu le veut. Nous acceptons notre Destin, et cela nous rend libre.

Véritablement apaisés par cette étonnante discussion, nous l'écoutons attentivement. Plus tard, il nous livre des indices pour nous aider à comprendre Varanasi. *The Holy City*, la Ville sainte, ne laisse pas indifférent. Peut-être notre malaise venait-il de là ? Varanasi ne peut se résumer en quelques mots, il faut creuser, aller au-delà de cette première façade pour découvrir son vrai visage.

– Plus encore, ajoute-t-il, il faut être à la hauteur de ce qu'offre la ville et posséder quelque

1. Le reiki est une méthode de soins d'origine japonaise, fondée sur des soins « énergétiques » par apposition des mains.

chose de spécial à partager en retour. De toutes les manières, Shiva est le gardien de cette ville. S'il ne vous le permet pas, s'il ne vous alloue pas un laissez-passer, vous ne pouvez être ici.

Sur ces paroles, nous partons sans plus attendre explorer les richesses de Bénarès. Très vite, nous trouvons en Cyril et Itay, respectivement suisse et israélien, deux compagnons de route. Du soleil brûlant à son zénith à la fraîcheur de la nuit noire, des ruelles étroites où l'affluence aux stands de restauration ne faiblit pas aux marches des ghats, les berges du Gange qui abritent des séances de méditation, de recueillement, des cérémonies religieuses et des crémations, Varanasi nous révèle ses secrets et ses mystères.

Animés par l'âme de la cité, portés par le discours de Debasish, nous n'avons qu'une envie : donner à notre tour. Jonglerie, musique et percussion, nous y mettons tout notre cœur. Par fascination ou curiosité, des attroupements se forment. La foule s'épaissit, nous avons réussi notre pari : rendre à Varanasi un peu de la magie qu'elle insuffle. Pour un bref instant seulement. Car la générosité frappe toujours par surprise. Nous pensions ce soir-là être enfin de ceux qui donnent, mais nous allons recevoir encore et encore et découvrir, abasourdis, que nous venons de récolter suffisamment d'argent pour rallier notre prochaine étape, Calcutta.

C'est enivrés par tant de bonté que nous suivons Itay, notre acolyte, chez des amies pour la soirée. Autour d'un thé, bercés par la musique, nous partageons de riches discussions avec Sara et Emilia, d'origine espagnole et argentine. Pourtant tous différents dans nos manières de penser, nous nous rassemblons pour évoquer nos philosophies de vie, nos expériences. Chacun se nourrit de la spiritualité de l'autre, comme si de nouveaux mondes s'ouvraient à nous. L'idée de se baigner dans le Gange, fleuve sacré et reconnu comme le plus pollué, émerge même peu à peu. Le rendez-vous est pris pour le lendemain, reste à savoir qui sera de la partie…

Une belle leçon de vie que cette journée à Varanasi. Lorsque nous repensons à nos impressions, notre malaise de ce matin, une vérité nous surprend. C'est bien souvent dans les passages à vide qu'il nous est donné de vivre nos plus beaux moments. La fragilité permet de capter l'essentiel. Être vrai, vivre et avoir foi en la vie.

Varanasi, terre enchanteresse.

## *Jour 41 - dimanche 19 octobre 2014, Varanasi-Calcutta, Inde*

Lever aux aurores en ce quarante et unième jour de l'aventure. Nous avons rendez-vous avec Cyril et Itay à 5 h 30 précises pour une promenade en bateau. Cette heure matinale va nous permettre de profiter du calme et surtout du lever du soleil sur le Gange.

À bord d'une petite embarcation, nous nous éloignons doucement du rivage à coups de rames assénés par notre guide.

Varanasi encore endormie se dessine dans des nuances ocre, pourpres et terre. Le Gange embrumé se teinte de parme.

Deux heures durant, nous observons chaque détail de cette aquarelle. La tranquillité du fleuve nous transporte, le jour perçant nous transmet son énergie.

Peu à peu apparaissent les premiers rayons du soleil, accompagnés d'une moiteur qui tombe comme une chape et nous englobe. Nous regagnons la rive. En duo ou seuls, nous nous essayons à la rame : naviguer sur le Gange est une occasion peu commune à ne pas rater.

À notre retour sur la terre ferme, Varanasi la belle est maintenant éveillée. Les ruelles ont repris vie, si tant est que celle-ci se soit vraiment arrêtée. Une nouvelle fois, nous goûtons aux spécialités culinaires proposées par les multiples échoppes. Un voyage pour nos papilles. Nous croisons brièvement Sara, il est prévu que nous la retrouvions plus tard…

Depuis notre départ de Paris et plus encore depuis notre arrivée dans la Ville sainte, la force des rencontres trace notre chemin. Éclairant notre parcours, les personnalités de chacun nous élèvent et nous emmènent vers l'inattendu.

C'est ainsi que nous nous retrouvons au bord du Gange, prêts à vivre une expérience incroyable et quelque peu impressionnante : se baigner dans l'eau sacrée. Milan et Cyril préfèrent décliner l'offre. Il est vrai qu'il faut faire abstraction de la pollution, des immondices et des cadavres d'animaux que nous avons vu flotter au fil de notre balade le matin même…

Mais l'idée, peut-être un peu folle, de se dépasser et de partager les croyances hindouistes et locales me séduit et Itay décide de m'accompagner.

Initiés par Sara et Emilia, nous plongeons tour à tour dans la « Mother Ganga ». Loin d'être religieux, l'acte est pour elles davantage symbolique. Marquées par la spiritualité ambiante, Emilia et Sara trouvent en cette pratique une manière de se ressourcer, de se recentrer, de méditer et de se purifier. De retrouver une énergie spirituelle et mentale, et de progresser sur la voie de la pleine conscience.

Forts de cet événement, nous continuons sur notre lancée et profitons des sages paroles d'Emilia autour d'un déjeuner.

– Le monde a besoin d'amour. Ceux qui sont à la poursuite du confort matériel se trompent. Nous sommes sur terre pour nous découvrir, nous et les autres, mais cela ne se fait pas au travers de l'argent.

Le détachement du matérialisme, voilà justement ce qui a, en partie, motivé notre voyage. Croiser des êtres aussi purs conforte notre démarche. Et c'est avec son dernier conseil en tête, celui de vivre pleinement, que nous reprenons la route.

Un dernier « au revoir » à notre guide Debasish pour le remercier de son hospitalité et de sa présence, et nous voilà partis en direction de la gare. Après deux heures d'attente pour cause de retard, nous prenons place à bord du train pour Calcutta. L'atmosphère du train nous est maintenant familière, les voitures sont bondées.

À l'approche des festivités de Diwali[1], beaucoup font le voyage vers la capitale du Bengale-Occidental. Les étudiants s'ajoutent aujourd'hui à cette masse, leur période d'examens touchant à sa fin.

Le trajet promet d'être épique : nous sommes installés sur une étroite banquette en hauteur, courbés pour échapper au plafond menaçant, adossés à un grillage et face à des ventilateurs… Nous essayons tout de même de provoquer quelques conversations avec nos compagnons de galère, histoire de tirer parti de tous ces kilomètres à avaler. Les heures passent, la nuit nous envahit, mais les bras de Morphée, eux, peinent à nous bercer…

## *Jour 42 - lundi 20 octobre 2014, Calcutta, Inde*

Ballottés par les continuelles secousses du train, coincés sur un bout de banquette ou allongés à même le sol sous les sièges, sur un lit de poussière et de cafards, nous désespérons que le sommeil nous gagne. Quand par miracle le corps et l'esprit s'entendent et faiblissent, c'est pour être

1. Diwali ou la fête des Lumières est une fête très populaire en Inde, qui dure cinq jours et pendant laquelle on s'offre des cadeaux et on tire des feux d'artifice.

réveillés et intimés de nous déplacer quelques instants plus tard. Une cadence infernale, légèrement adoucie par l'apparition des premiers rayons du soleil, qui sonne comme une délivrance. Et si les conditions de voyage sont difficiles, le puissant sentiment de liberté que nous ressentons depuis notre départ du Pakistan n'est en rien altéré.

Dehors, les rizières s'étendent à perte de vue. Plus on se rapproche de Calcutta et plus les habitations et les constructions se multiplient.

La chaleur et le tumulte nous frappent une nouvelle fois au sortir de la gare. Il est à peine 9 heures du matin, le mercure est déjà bien haut, et sans rien y comprendre nous sommes embarqués dans le flot des piétons mêlé à celui de la circulation.

L'immensité de la ville nous saisit. Entre les files sans fin de taxis et les rangées de bus, difficile de trouver la bonne direction, et impossible de faire de l'auto-stop.

Au terme d'une ribambelle de questions sans réponses, nous parvenons à dénicher l'information. Une négociation plus tard et nous sommes enfin en route pour le *City Center*. Le bus nous y dépose après un trajet interminable. Quelle n'est pas alors notre surprise en découvrant que le fameux « City Center » n'est pas le centre-ville, mais un centre commercial flambant neuf aux abords de Calcutta. Si maintenant la langue de Shakespeare commence à nous jouer des tours…

Loin d'être abattus par ce contretemps, nous nous engouffrons dans les allées. Notre optimisme ne tarde pas à nous récompenser en nous mettant sur la route de Deep et Vikash qui, après s'être informés de notre projet, nous font grimper dans un taxi avec, en poche, une précieuse adresse.

C'est ainsi que nous faisons la connaissance d'Iftekhar. Souriant et accueillant, ce jeune chef d'entreprise – Calcutta Walks organise des visites guidées sous forme de circuits thématiques dans la ville – et père de famille délaisse immédiatement ses occupations pour se consacrer à nous. Une hospitalité hors pair.

Nous quittons ses locaux et partons avec lui à la découverte de la ville. Au fil des rues, nous nous remémorons l'Iran et l'Allemagne, qu'il a lui aussi récemment visités, leurs populations si chaleureuses et leurs ambiances particulières. De confession musulmane, Iftekhar nous parle également du bouddhisme, puis une fois dans le quartier anglo-saxon, il évoque avec nous le passé colonial, page marquante de l'histoire de l'Inde, et les anciens régimes gouvernementaux comme le communisme dont quelques traces subsistent encore, notamment par la présence d'un drapeau rouge sang flottant dans le vent.

Lorsque l'on en vient à évoquer les médias et la presse, Iftekhar s'illumine et dégaine immédiatement son téléphone portable pour appeler un de ses contacts au journal *The Telegraph,* certain que notre aventure l'intéressera.

Après cette interview totalement inattendue – mais assurément bienvenue car la visibilité offerte par l'article pourrait nous aider à trouver un sponsor pour rejoindre la Thaïlande soit par cargo soit par avion –, notre hôte nous ouvre les portes de sa maison familiale. Tout en jouant avec ses jumeaux, un garçon et une fille âgés de quelques mois, et en les câlinant, il ne peut s'empêcher de nous faire part de ses craintes à propos du système éducatif.

– J'espère que mes enfants ne subiront pas cette catégorisation qui réduit la liberté de chacun. Il en va de ma responsabilité de père. Je veux qu'ils puissent être libres d'exploiter tout leur potentiel.

Ses confidences, sa disponibilité et sa confiance sont autant de signes qui nous prouvent que notre démarche et notre challenge ne sont pas vains. Jour après jour, la bonté de chacun nous permet d'avancer et de vivre des instants merveilleux basés sur le partage. À chacune de nos étapes, nous plongeons avec délectation dans les multiples identités culturelles et nous nous confrontons aux réalités, aussi dures et différentes soient-elles.

Retour en extérieur. Le jour se retire et il y a toujours autant de monde dans les rues. Pas plus étonnant que cela lorsque l'on sait que Calcutta possède la densité de population la plus élevée du pays. Curieux et amusés, nous observons la vie des Bengalis. Les marchands ambulants, la circulation toujours aussi infernale, ou ce groupe d'hommes âgés réunis autour d'une partie de cartes.

Suite à une discussion l'après-midi même sur le cinéma, Iftekhar décide de nous envoyer voir un film, pendant que lui règle quelques affaires. Bien que nous soyons emballés par l'idée, l'adaptation d'*Hamlet* en hindi[1] a bien vite raison de nous. Pour ne pas sombrer dans un profond sommeil, nous décidons de répondre à l'appel de la rue, plus attrayant. Nos pérégrinations nous mènent des ruelles obscures aux avenues illuminées, au cœur d'un atelier de réparation ou d'un commerce de riz et d'épices.

Rejoints par Iftekhar et son beau-frère Dabish, nous continuons notre périple jusqu'à la demeure familiale de ce dernier. Nous sommes accueillis

1. Hindi : langue officielle de l'Inde.

comme des princes, et le repas succulent et la musique ambiante finissent de nous achever.

### *Jour 43 - mardi 21 octobre 2014, Calcutta, Inde*

Quarante-troisième jour du challenge, neuvième jour en Inde. Une bonne nuit de sommeil réparateur au compteur, nous nous levons aussi excités que des enfants le matin de Noël – à la veille de Diwali, fête des Lumières dont l'importance est semblable aux fêtes de fin d'année en Occident, nous ne sommes pas complètement hors sujet – à l'idée d'ouvrir l'édition quotidienne du *Telegraph*, édité à quelque deux millions d'exemplaires. Quelle n'est pas notre déception lorsque nous n'y voyons pas notre article…

Une contrariété bien vite oubliée au vu des événements de la journée.

Notre hôte Dabish, dont l'hospitalité et la disponibilité égalent celles d'Iftekhar, semble comme investi d'une mission. En plus de nous offrir le gîte et le couvert, geste dont nous sommes assurément reconnaissants, il nous guide à travers sa ville en nous livrant anecdotes et explications.

Calcutta intrigue et fascine par sa facette touristique. Son patrimoine et sa grande richesse culturelle et intellectuelle en font l'une des villes les plus attractives de l'Inde, et son pôle industriel n'est pas en reste. À l'approche du cœur économique, Dabish nous apprend que chaque rue est consacrée à un corps de métier. Textile, ameublement, informatique ou encore sidérurgie, les commerces et les marchands sont effectivement regroupés par thématique.

Chef d'entreprise perpétuant la lignée familiale, Dabish nous conduit avec une certaine hâte à son magasin, heureux de pouvoir partager son savoir et nous montrer son accomplissement. Au milieu d'un nombre incalculable de cartons et de paires de sandales, une table étroite faisant office de bureau lui permet de tenir son business d'une main de maître. Un maître bien généreux qui nous offre à chacun, sans plus attendre, une paire de sandales.

Tout au long de la journée, nous découvrons en sa compagnie les faubourgs environnants. Ici, nous goûtons aux pâtisseries sirupeuses, là, nous visitons l'une des plus anciennes mosquées de Calcutta. Dans ses méandres d'alcôves aux tons brique et jade, nous tombons sur un hall grandiose à ciel ouvert. La lumière du jour se reflète sur la surface paisible de l'eau des fontaines. Un lieu propice aux ablutions.

La balade continue et nous sommes rejoints par Iftekhar et Vikash, un de ses amis chez qui nous logerons ce soir. Nous vivons au rythme des Bengalis : jus de coco frais, observation d'un tournoi de *carrom ball* ou « billard des pauvres », dégustation dans les meilleurs spots de *street food*…

Si nous avons constamment en tête la question de savoir comment nous allons pouvoir rallier Bangkok – travailler en échange des billets paraît vain –, nous nous estimons chanceux de l'accueil et du dévouement que nous recevons.

Surtout, nos préoccupations sont bien vite remises en perspective.

Calcutta est pleine de paradoxes. Des fastes de l'ancien Raj britannique et du fleuron culturel et intellectuel à la misère, il n'y a qu'un pas. À la nuit tombée, les hordes de piétons, travailleurs et écoliers, et de véhicules s'écartent et laissent entrevoir la misère, si tant est qu'elle soit cachée pendant la journée. Les pauvres et les sans-logis errent à la recherche d'un repas et d'un endroit où dormir. Lorsque certains se lavent dans l'eau stagnante des caniveaux, d'autres ne lâchent pas leur bout de trottoir, leur morceau de tôle ou leur palette de bois, matelas de fortune pour la nuit.

Bangkok la thaïlandaise nous semble bien loin ce soir encore lorsque la lumière s'éteint sur cette journée particulière. Du haut de notre immeuble, à l'abri dans le bureau de Vikash, le sentiment d'être privilégiés nous envahit.

43 jours = 11 938 km

# L'INDE

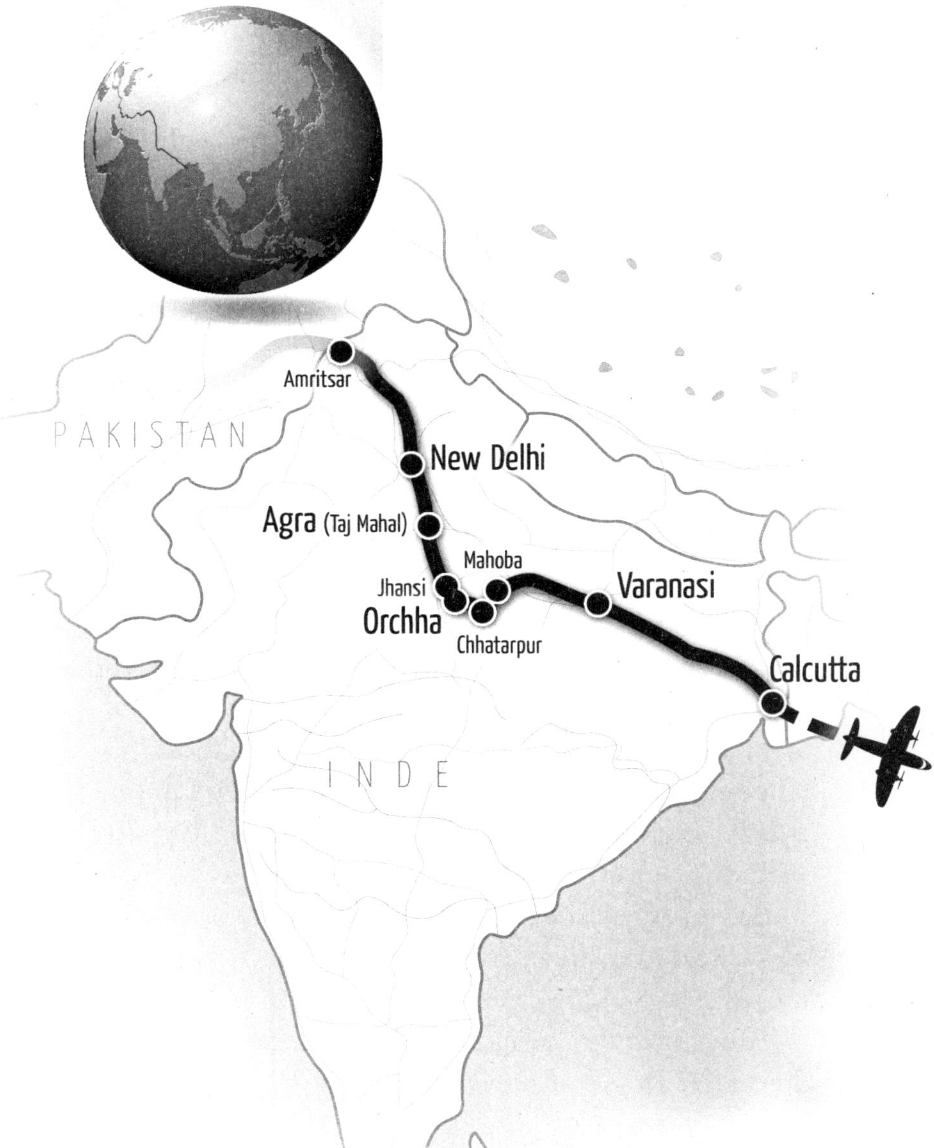

## *Jour 44 - mercredi 22 octobre 2014, Calcutta-Bangkok, Thaïlande*

« La magie existe. » Tels sont les mots prononcés par Iftekhar, qui résument assez bien cette étonnante journée. Une journée placée sous le signe de la chance.

Imprégnés des contradictions dont nous sommes témoins depuis le début de l'aventure, et plus encore ces derniers jours en Inde, nos desseins n'en sont que plus grands. Nous ne pouvons mettre de côté la pauvreté et la dureté de la vie que nous observons et côtoyons chaque jour. Toutefois, la générosité et la bienveillance qu'il nous est donné de recevoir font de l'humanité une qualité non isolée. Au-delà d'une question de religion, cette croyance, cette foi en l'être humain ont un vecteur commun que nous nous devons de rappeler et de partager. Et dans le cadre de notre challenge, cela passe par une évidence : rejoindre notre prochaine étape…

La course contre la montre est lancée. Nous avons déjà essayé de contacter les compagnies aériennes et les agences de voyages ces derniers jours, proposé nos services de photographe et vidéaste, ou autres. Sans succès.

Aujourd'hui, toutes les opportunités sont à saisir. Qui sait, nos nouvelles rencontres et leurs réseaux nous mèneront peut-être jusqu'à Bangkok ?

La journée débute sur les chapeaux de roue. L'article promis paraît dans l'édition du supplément *Metro* du *Telegraph* avec, en encart en première page, une photographie de notre duo, rien que ça. Plutôt déroutant de se retrouver en une d'un journal étranger, et pourtant ce n'est pas grand-chose au vu de ce qui nous attend. Cette soudaine renommée, aussi éphémère soit-elle, nous offre des témoignages de sympathie au détour des rues et des encouragements. Il s'agit maintenant de ne pas décevoir ces quelques personnes.

Excitation, joie, doute, empathie… À fleur de peau sûrement, nous faisons aujourd'hui l'expérience de toute une palette d'émotions. Notre sang ne fait qu'un tour lorsque, installés devant notre ordinateur et concentrés pour trouver une solution à notre problème, nous voyons apparaître le message salvateur : « Nous paierons pour vos billets. »

Cinq mots, pas un de plus. Plaisanterie ? Fausse joie ? Peut-être. Ou peut-être pas.

Ni une ni deux, nous engageons la conversation avec ce mystérieux messager. Il semble sûr de lui et de sa proposition. Bien. Nous l'appelons.

Notre rythme cardiaque s'accélère. Un rendez-vous est fixé pour se rencontrer. Nous ne tenons plus en place. Bangkok se rapproche vertigineusement.

S'ensuit tout un calcul de kilomètres, de distances, de jours restants, d'estimations... Bienvenue dans les coulisses d'Optimistic Traveler. Tout s'embrouille et se précipite. Quand partir ? Le choix est difficile, partagés que nous sommes entre l'appel de la route et du challenge, et l'envie d'honorer l'invitation reçue pour les festivités de Diwali. Notre bienfaiteur, Amit Sarogi, homme d'affaires investi dont nous partageons les valeurs, clarifie la situation pour nous. Billets en main, nous partons pour Bangkok par l'avion de minuit le soir même. La perspective est plaisante mais le timing est serré. Entre le repas partagé avec la famille d'Amit et le retour chez Iftekhar pour récupérer nos affaires, nous n'avons pas de temps à perdre. Nous jetons nos vêtements fraîchement lavés et encore trempés dans des sacs plastiques et filons vers l'aéroport. Le chauffeur d'Amit slalome entre les voitures et réalise un chronomètre parfait. Un essorage express des habits sur le parvis de l'aérogare, et l'embarquement est imminent. Une soirée inoubliable... Dommage qu'une mauvaise manipulation avec les chargeurs nous ait empêchés de filmer les événements.

Cette dernière rencontre met un point final au chapitre consacré à l'Inde. Nous tournons la page sur Calcutta, mais garderons précieusement en mémoire les liens que nous y avons tissés avec nos hôtes et nos amis. Quant à la gratitude que nous éprouvons à leur égard, elle demeurera impérissable.

Alors, pour reprendre les propos d'Iftekhar, oui, la magie existe bel et bien.

## *Jour 45 - jeudi 23 octobre 2014, Bangkok, Thaïlande*

Une poignée d'heures d'avion et nous voici arrivés en Asie du Sud-Est. Un saut de puce supplémentaire sur la mappemonde. Nous venons d'avaler 2 000 kilomètres aussi facilement que l'on déplace des pions sur un plateau de jeu. Nous ne nous en plaignons pas, au contraire, nous savourons le début de cette nouvelle manche.

Un lancement un brin ralenti. À 5 heures du matin, les transports publics ne sont pas encore réveillés. Nous devons patiemment attendre quelques heures, de longues heures, avant de pouvoir quitter l'aéroport et rejoindre le centre-ville de Bangkok. Grâce au concours d'une jeune Allemande qui nous offre un premier titre de transport et d'une femme d'origine thaïlandaise

– habitant à Paris et en visite chez sa sœur – qui se propose pour le deuxième, en plus de nous octroyer quelques conseils, c'est désormais chose faite.

Une fois dans la mégapole, le changement de décor est frappant. La ville tentaculaire est une immensité de béton, les axes routiers et les buildings tournent la tête. Nous sommes dans un autre monde : dimension et ambiance différentes assurées.

Le climat est lui aussi déstabilisant. L'humidité est étouffante. Le moindre mouvement pèse. Nous ruisselons à chaque pas. L'incompréhension à laquelle nous nous heurtons face aux populations nous trouble également. Peu, parmi les personnes croisées, maîtrisent l'anglais, et si l'accueil et les sourires sont dans l'ensemble chaleureux, il est difficile d'obtenir des directions précises et des renseignements utiles. Notre projet – appel à l'aide et à la collaboration – sème le doute et aussitôt que nous l'évoquons, nous sommes renvoyés vers les temples ou la police.

Éreintés, nous trouvons refuge dans ce qui, au premier abord, s'apparente à un parc près d'une avenue passante. Nous apprenons qu'il s'agit d'un hippodrome couplé à un terrain de golf, l'ensemble attenant à un complexe hôtelier implanté non loin de là. Qu'à cela ne tienne, nous ne changeons pas nos plans. Au tournant d'un bosquet, nous tombons sur un petit kiosque restaurant tenu par une famille. À la vue de nos visages décomposés, ils ont pitié de nous et nous requinquent avec un bol de riz et des œufs bien chauds. L'estomac plein, nos vêtements encore humides de la veille flottant et séchant enfin sur une corde tendue entre deux arbres, nous nous affalons dans l'herbe pour n'être tirés du sommeil par la chaleur accablante que bien plus tard.

Assez traîné, il nous faut reprendre notre chemin. Sur une place, des attroupements se forment. Notre curiosité nous pousse à les rejoindre. Les familles déposent des nattes en plastique sur le trottoir et s'y installent, face à la rue. Des guirlandes de jasmin blanc, safran jaune et lotus rose fleurissent un peu partout et la fumée des bâtons d'encens s'élève dans l'air. L'explication ? La ferveur provoquée par la fête nationale du roi Chulalongkorn et la procession en son honneur qui se profile. Le quartier, bouclé pour l'occasion, ne nous aidera pas plus dans notre périple. Nous prenons une nouvelle direction selon les recommandations glanées ici et là.

Bangkok, telle qu'on se la représente sans même parfois y avoir mis les pieds, est enfin là devant nos yeux. Un district davantage touristique. L'architecture typique mêle l'ancien et le moderne, les toitures des temples se dessinent dans le ciel à chaque coin de ruelle, les restaurants, hôtels et bars abondent et les voyageurs grouillent au milieu des multiples marchands ambulants.

Des refus face à nos demandes d'hébergement, nous en essuyons, comme toujours. Mais les opportunités sont là et l'optimisme paye. Notre rencontre avec Robert, touriste allemand d'origine russe tout juste sorti de l'avion et prêt à conquérir la Thaïlande pour cinq semaines, est déterminante. Armé de son sourire et de ses gros bras, il nous offre tout d'abord une boisson chaude puis réfléchit et nous propose spontanément de partager sa petite chambre. Un café noir et un lit, le bonheur résumé en quelques mots. Après douze heures d'incertitude, le soulagement est évident. Si l'idée de dormir et passer du temps avec les locaux reste notre premier souhait, la communauté de voyageurs nous permet de poser encore un autre regard sur les expériences que nous vivons.

Délestés de nos sacs et rafraîchis par une bonne douche, nous partons avec notre complice à l'assaut de la vie nocturne. Alors que nous sommes attablés, un passant reconnaît Muammer et l'interpelle. Antoine et Martin, alias Clic et Clac, deux Français, sont eux aussi en plein tour du monde. Avides d'aventures, ils ont pris connaissance de la nôtre sur Internet, aussi invraisemblable que cela puisse paraître.

Nos échanges et nos partages d'expériences donnent le coup d'envoi d'une soirée festive et cosmopolite. Rejoints par leurs amis, des nouvelles connaissances aux personnalités fascinantes croisées ici et là, nous nous laissons porter par les rencontres, encore et encore.

## *Jour 46 - vendredi 24 octobre 2014, Bangkok-Chumphon, Thaïlande*

Une nuit à trois dans une minuscule chambre noire. Aucune fenêtre. Pas d'aération. Un lit simple pour deux. Des conditions certes peu optimales pour se reposer, mais néanmoins appréciables. Après les galeries métalliques et les sols crasseux des trains indiens, plus rien ne nous arrête.

Robert l'Allemand, toujours aussi avenant, nous emmène pour dévorer un copieux petit-déjeuner à l'extérieur. Entre deux averses diluviennes, la saison des pluies touche bientôt à sa fin, nous passons rassembler nos affaires à l'hôtel pour les déposer, avec celles de Robert, quelques mètres plus loin dans un nouvel hébergement.

Le temps, plus clément, invite aux découvertes et aux balades touristiques. Le patrimoine artistique de la Thaïlande réside essentiellement dans l'art religieux, aussi nous profitons de notre excursion pour en prendre plein les yeux. Les couleurs flamboyantes et les dorures étincelantes éveillent l'intérêt et fascinent. Serpents, ornements en forme d'oiseaux, lotus ou autres motifs sacrés, le symbolisme architectural s'inspire de l'iconographie hindo-bouddhiste. Plus loin, c'est un temple chinois qui attire notre attention.

La promenade continue en *long-tail boat* sur les canaux, activité initiée encore une fois par notre acolyte. Depuis le fleuve, nous observons la vie et les coutumes sous un autre angle.

Nous débarquons à Chinatown, autre facette de Bangkok. Les étals de fruits et légumes, de nourriture, d'accessoires, de gadgets en tous genres, les magasins et restaurants en enfilade : tout nous rappelle que nous évoluons dans une mégapole asiatique. Comme dans tous les quartiers touristiques, l'appel à la consommation est effarant. Nous prenons tout de même le temps de déguster une soupe fumante sur un coin de table jouxtant un stand de *street food*, mais nous ne nous attardons pas et reprenons notre embarcation pour rejoindre l'hôtel.

Seize heures sonnent. Sacs sur le dos, nous voici confrontés à une légère discorde. Ce n'est pas la première de la journée, il s'agirait de ne pas trop s'avancer sur ce chemin glissant.

Rester sur Bangkok, comme je le suggère, ou prendre la route pour changer d'environnement comme Muammer le préconise, telle est la question…

Nous cherchons tout de même à obtenir des informations sur les bus en direction de Chumphon. Les horaires sont tardifs, mais avec dix heures de trajet effectuées de nuit, le gain de kilomètres serait énorme. Profitant d'une connexion Internet dans le lobby de l'auberge, je prends connaissance d'un message de mon ami Stephan. Celui que je considère comme mon frère est installé depuis peu sur l'île de Koh Tao, au large de Chumphon. Je vois là une occasion de le retrouver et de partager l'aventure avec lui qui m'a fortement inspiré, et soudainement, la motivation pour quitter Bangkok revient.

Notre désaccord quelque peu étouffé, ou mis de côté, nous laissons Robert avec un pincement au cœur. Une jeune Thaïlandaise nous emmène dans les transports publics et nous permet de rallier aisément le terminal de bus.

Commence alors la quête récurrente : trouver un financement pour nos billets. La gare, immense, nous étourdit. Nous écumons les guichets à la recherche de sponsors, redoublons d'efforts pour que l'on nous tende la main, mais rien n'y fait. La situation finira par se débloquer grâce à deux étrangers en transit qui, de bon gré, achètent nos places. Nous pouvons ajouter la Finlande et la Russie dans le palmarès des pays coopérant à notre challenge.

Billets en main, nous attendons patiemment notre tour pour embarquer. Une attente finalement rapide et agréable tant nous discutons avec nos voisins de rangée, d'origine franco-québécoise.

Vient le moment de partir. Dernier appel pour Chumphon.

## *Jour 47 - samedi 25 octobre 2014, Chumphon-Koh Tao, Thaïlande*

L'asphalte défile à la lueur des étoiles. Nous atteignons Chumphon avant le lever du jour. Transis de froid à cause de la climatisation arctique du bus, nous sommes soulagés, malgré l'heure matinale, de retrouver la douce moiteur extérieure. Un répit de courte durée car la journée débute avec un bémol à la clé. Mauvaise nuit, levés tous deux du pied gauche ou discorde de la veille qui se réveille ? Allez savoir. Le duo Optimistic Traveler ne joue pas à l'unisson ce matin.

Le débat fait rage entre nous concernant la poursuite de l'aventure.

Ayant l'enjeu en ligne de mire, Muammer veut avancer au plus vite vers la Malaisie. D'un autre côté, l'appel de la nature et mes retrouvailles avec Stephan sont plus forts pour moi.

Nous converserons et tiendrons fermement nos positions pendant des heures.

Perdons-nous du temps en passant une journée sur l'île de Koh Tao ? Sommes-nous en train de franchir les limites du cadre que nous nous sommes fixé pour ce challenge en rendant visite à un ami ? Le choix est-il vraiment de l'ordre du loisir ou de la réalité ?

Une ombre se profile dans ce tableau aux allures paradisiaques. Une fausse note, mais qui, lorsque l'on y réfléchit, reflète autre chose que le simple son du désaccord.

Ce projet, ce tour du monde en quatre-vingts jours, est loin d'être né de façon anodine. Il s'inscrit, pour chacun d'entre nous, dans une démarche personnelle bien que tournée vers les autres. Nos aspirations et nos croyances fondent le socle de notre association. Les rencontres, prénoms, visages, paroles et sourires nous nourrissent et nous portent chaque jour un peu plus loin, nous permettant de nous rapprocher de notre but.

Ces moments forts nous touchent et nous déstabilisent en même temps. Nous recevons et observons tant de gestes bienveillants que les émotions sont mises à rude épreuve. Des chamboulements qui, dans le cadre d'un challenge aussi compétitif que le nôtre, font parfois ressortir certains traits peu engageants de nos personnalités. Un mal pour un bien.

L'état d'esprit dans lequel nous nous trouvons au quarante-septième jour du défi coïncide étonnamment avec celui de tous ceux que nous croisons aujourd'hui. Finalement débarqués sur l'île de Koh Tao, entourés de nos amis franco-canadiens de la veille retrouvés au ponton, de Stephan et de ses connaissances, nous faisons un constat formel : personne n'est là, au bout du monde, par hasard. Dans ce décor de carte postale, motivé par le désir de changer de vie, chacun essaie de se construire en harmonie avec ses idées, son idéologie. Seul dans ce processus certes, mais avec un point commun qui nous rassemble ici, celui de l'attrait pour la nature et de la passion qui en découle : la plongée.

Au-delà d'une simple activité, il s'agit de se dépasser, physiquement et mentalement, de fédérer le corps et l'esprit. De se ressourcer.

Le doux roulement des vagues nous berce et nous gravons ces instants, ces inspirations, dans nos pensées. Sur la plage, je profite de ce moment de sérénité pour exprimer à Muammer toute ma gratitude pour sa compréhension de mes choix et de son soutien. La nuit noire enveloppe Koh Tao. L'étrange journée touche à sa fin. Apaisés, rassérénés par l'énergie positive retrouvée, nous glissons dans un sommeil profond.

## *Jour 48 - dimanche 26 octobre, Koh Tao-Hat Yai, Thaïlande*

Le réveil est doux sur l'île de Koh Tao. Les paysages idylliques, l'eau transparente et chaude et les récifs riches en faune sous-marine priment sur l'aspect touristique et attractif de la région. Carrefour de voyageurs aux histoires fascinantes, Koh Tao sait user de ses charmes pour séduire les âmes aventurières en recherche de bien-être.

Invités pour le petit-déjeuner par la délicieuse Marine, installée sur l'île pour devenir instructeur de plongée, nous profitons encore un instant de sa présence, de celle de notre hôte et de la quiétude environnante. Koh Tao nous hypnotise et nous ensorcelle jusqu'à nous faire oublier l'heure du départ. Une dernière surprise en rejoignant l'embarcadère, notre fidèle Robert, en chair et en os devant nous, prêt à s'initier lui aussi aux joies de la plongée. Un café express et des embrassades plus tard, nous montons fissa en bateau. Comme à l'aller, la compagnie maritime n'a montré aucun signe de résistance et nous a offert les billets dès qu'elle a eu connaissance de notre challenge et goûté aux sucreries que nous lui avons glissé malicieusement sous les yeux. Un geste attentionné à notre égard, accompagné de sourires enthousiastes.

De retour sur le continent à Chumphon en début d'après-midi, nous nous empressons de connaître les modalités pour rejoindre notre prochaine étape, Hat Yai, à près de 600 kilomètres de là. D'après les avis que l'on a pu récolter auprès de voyageurs ou d'expatriés, l'auto-stop ne semble pas être une pratique courante dans ces régions, aussi optons-nous pour le train. Le prochain en partance est à 21 heures, nous avons largement le temps de nous organiser, si notre bonne étoile veille toujours sur nous, bien évidemment.

Comme à notre habitude maintenant, nous partons à la recherche des commerces et des restaurants où nous serions susceptibles de faire des rencontres. Nous essayons également de contrer de cette manière un problème récurrent en Thaïlande, celui où, dès que l'on s'éloigne d'un quartier touristique, il est difficile de se faire comprendre.

D'un endroit à l'autre, l'accueil contraste complètement. Si l'on se fait mettre dehors à coups de suppression de connexion wi-fi car on ne consomme pas ici, on nous invite à manger là. Pour ce qui est du financement de nos billets de train, beaucoup sont très directs et honnêtes quant à leur impossibilité de participer. Les salaires ne sont effectivement pas très élevés, et nous ne nous voyons pas insister davantage.

L'Amérique du Nord endosse cette fois-ci le rôle de bienfaiteur. Lauren et Laura, deux jeunes femmes engagées dans un voyage humanitaire de plusieurs mois, se proposent pour nous aider. Curieuses, drôles, réfléchies et pleines de vie, elles savourent leur voyage et leurs expériences, prenant conscience de l'enrichissement dont elles bénéficient. Et nous, nous les écoutons assidûment.

Après ce moment intense, nous reprenons nos chemins respectifs. Tranquillisés sur le déroulement de la soirée, nous voyons, en ces heures libres à venir, l'opportunité de nous consacrer à rendre ce qui nous a été donné. Profitant d'une connexion Internet dans le hall d'une auberge, nous lançons officiellement notre campagne de levée de fonds pour Haïti Care[1], association déjà existante que nous avons choisi d'accompagner. Un projet cher à notre cœur qui nous introduit

1. Haïti Care, ONG internationale, est implantée en Haïti depuis 15 ans. Son équipe, d'environ 6 personnes, lance et suit des programmes de développement et participe à la reconstruction du pays lorsqu'il est durement touché (séisme, choléra...).

dans l'univers humanitaire. Un premier pas significatif.

Euphoriques, nous rassemblons nos affaires et prenons la direction de la gare. Nous croisons Carole et Claire, d'origine allemande, et nous célébrons avec elles la bonne nouvelle. Quoiqu'un peu surprises par notre enthousiasme, elles se joignent volontiers à nous et nous offrent une portion de riz à la mangue pour marquer ce moment avant que l'on se quitte.

Le sifflement perçant marque le départ du train, nous prenons place dans notre voiture et découvrons avec un plaisir non dissimulé les deux couchettes qui nous sont réservées. Le luxe… Encore une nuit sur les routes du bout du monde.

## Jour 49 - lundi 27 octobre 2014, Hat Yai, Thaïlande

Le jour se lève sur la péninsule thaïlandaise. Les forêts de palétuviers, denses et humides, bordent la voie ferrée et le littoral, et nous entourent d'un doux camaïeu de verts. Les rayons du soleil levant percent çà et là à travers les feuillages, nous aveuglant et jouant de leurs prismes de lumière.

Nous atteignons la gare de Hat Yai tôt le matin, à tout juste 7 heures. Une heure matinale qui n'empêche pas les marchands ambulants de tenir fermement leurs étals tout le long du quai principal. Une scène typique du continent asiatique qui ne cesse de nous étonner, mais qui nous devient néanmoins peu à peu familière. En guise de petit-déjeuner, Andrey, notre voisin de couchette, de nationalité allemande, nous commande un café et des chips avant de tracer sa route. Nous devrions faire de même, nous avons nous aussi un long chemin à parcourir.

À 15 000 kilomètres de Paris, nous ne savons pas vraiment pourquoi nous nous retrouvons aujourd'hui dans la petite ville de Hat Yai, si ce n'est qu'elle se trouve sur la route de la Malaisie. Toutefois, nous avons bon espoir de changer le mode de fonctionnement que nous suivons depuis quelques jours et Hat Yai détient peut-être notre réponse.

Nous croisons en effet chaque jour de nombreux étrangers, tous plus curieux les uns que les autres et bienveillants quant à la réussite de notre aventure. Leur aide nous est chère et nous avançons grâce à cela. Mais si nous sommes si loin de chez nous, c'est aussi pour rencontrer les populations locales et échanger avec elles. Nous gardons si précieusement en mémoire les moments passés au sein de familles en Iran ou en Inde que nous aimerions avoir la chance d'en vivre d'autres pendant notre dernière étape en Thaïlande.

La journée se déroule péniblement, entre hésitations, refus et incompréhensions. Nous démarrons bien quelques conversations avec des Thaïlandais, passons parfois un agréable instant autour d'un café ou d'un repas, mais la connexion n'est pas vraiment là et la piste d'un éventuel hébergement se dissipe à chaque tentative.

En fin d'après-midi, le jour commence à décliner et nous n'avons toujours pas d'endroit où dormir. Hat Yai est plutôt calme et nous craignons de ne pas trouver de solution. Sur les conseils d'un couple, nous tentons les temples, mais là encore, comme à Bangkok, l'hospitalité nous est refusée pour des motifs indépendants de leur volonté. Le premier est en effet en travaux et ne peut accueillir d'étrangers, le deuxième, un temple chinois, ne reçoit que des moines. Nous aurons au moins eu l'occasion d'observer une nouvelle fois l'architecture éblouissante de ces lieux de culte.

Las, nous nous rabattons sur la terrasse d'un restaurant. Sans aucune attente particulière, nous engageons la conversation avec un couple de Thaïlandais assis à côté de nous. Au fil de la discussion, les échanges se multipliant, ils nous invitent à venir chez eux. La délivrance !

À quelques minutes de là, nous découvrons une étonnante maison rouge bordeaux, mêlant astucieusement architecture moderne et traditionnelle. La surprise ne s'arrête pas là. Jusqu'alors mystérieux sur leur profession, Kung et Ya nous avouent qu'ils tiennent des chambres d'hôtes et nous ouvrent la porte de l'une d'entre elles. Nous voilà accueillis comme des princes.

Une fois installés, nous voyons Kung qui s'empresse de revenir nous chercher pour nous emmener au gymnase. S'ensuivent de mémorables parties de badminton avec ses amis, son frère et son père. Des moments totalement surréalistes et jubilatoires.

La suite de la soirée ne fait que continuer sur cette lancée. Assis sur la terrasse devant la maison, rejoints par Ya, nous discutons des heures durant de nos projets et de nos vies respectives. Leur accueil chaleureux reflète leur vie de famille avec Get, leur petit garçon : simple, attentionnée et aimante. Que demander de plus pour cette dernière soirée en Thaïlande ?

Nous sommes déjà comblés, mais c'était sans compter sur l'apparition d'Andrew, le gentleman britannique piqué par le virus du voyage et logeant au même endroit que nous. Nous l'avions croisé un peu plus tôt dans la journée et ne pensions pas le revoir. Quelle erreur cela aurait été ! Son flegme et son humour ajoutent une pointe d'élégance à cette délectable veillée.

## *Jour 50 - mardi 28 octobre 2014, Hat Yai-Kuala Lumpur, Malaisie*

Difficile de sortir du lit ce matin. Les réminiscences de la soirée et le confort absolu de la chambre nous tiennent dans un demi-sommeil extatique. Quand enfin nous daignons nous lever, nous découvrons abasourdis les derniers présents d'Andrew : un sac rempli de nourriture, mangues séchées, barres chocolatées, pain, snacks en tous genres. De quoi tenir un siège toute une journée. L'ambassadeur anglais proclamé d'Optimistic Traveler prend son rôle définitivement à cœur.

Nous retrouvons l'hôtesse de maison au rez-de-chaussée de la *guest house*. Toujours aussi prévenante, elle nous tend deux bouteilles d'eau et propose de nous emmener en voiture avec son mari sur la route de la Malaisie. Avant de nous laisser, ils insistent pour nous montrer un dernier endroit. En haut d'une colline verdoyante, un temple domine. Du haut de son piédestal, la statue de Bouddha, d'un or éclatant, veille sur la ville. Nous savourons cette vue idyllique et imprenable sur Hat Yai en compagnie de nos amis. Puis vient le moment de se remettre sur les rails du défi, objectif Kuala Lumpur, en stop.

Passé la barrière de la langue – difficile de faire comprendre une destination lorsque l'écriture et la prononciation des villes diffèrent entre l'anglais et le thaï –, nous trouvons assez rapidement un véhicule. Nous échappons de peu aux averses torrentielles qui s'abattent sans prévenir et poussons un soupir de soulagement. Notre conductrice, réticente au premier abord à l'idée de prendre deux auto-stoppeurs, file finalement pour nous jusqu'à la frontière malaisienne. Tout semble se combiner parfaitement. Nous quittons notre pick-up pour un camion, l'excitation monte aux abords des postes de contrôle. Notre chauffeur nous dépose devant les douanes. La vérification des papiers se fait sans encombre. Nous voici en Malaisie, un visa de plus apposé sur notre passeport !

Le challenge continue. Nous partons, non sans mal, à la recherche d'un point stratégique pour faciliter l'approche des véhicules. Camionnettes, fourgonnettes, berlines, citadines, bus et camions défilent sans s'arrêter. Impuissants et agacés, nous les regardons s'éclipser. Le goût du défi revient en force, cela ne se passera pas comme ça !

Muammer change de place, je pars à l'assaut d'un bus. Les minutes passent. La bonne nouvelle tombe enfin.

Le bienfaiteur du jour se prénomme Rusli. D'origine thaïlandaise et vivant en Malaisie, Rusli voyage en autocar pour rejoindre Kuala Lumpur. Il se propose, suite à mon discours, pour payer les billets. D'autres voyageurs participent et allègent sa note, une action dont nous n'avions encore jamais bénéficié jusque-là. L'étonnement, toujours. Lorsque, une fois à bord, nous parlons de notre recherche d'hébergement pour la nuit, là encore Rusli lève la main. Son regard pétillant et son sourire rassurant deviennent nos compagnons de route.

Des heures durant, nous roulons vers le sud. À l'approche des douze coups de minuit, les tours de Kuala Lumpur, scintillantes, se dessinent dans le ciel bleu nuit. Nous pénétrons dans la ville endormie.

Un trajet en taxi plus tard et nous plongeons dans l'univers de Rusli. Un mélange surprenant entre des bikers au cœur tendre, sa bande d'amis passionnés de Harley-Davidson, et un environnement familial extrêmement présent. Tous plus accueillants les uns que les autres. Son petit frère, graphiste émérite, lâche ses occupations et nous consacre tout son temps dès notre arrivée. Ni une ni deux, il se met à griffonner deux personnages à notre effigie façon manga, d'un geste d'une précision redoutable. Impressionnant. Quant à nous, ses coups de crayon finissent de nous achever…

### *Jour 51 - mercredi 29 octobre 2014, Kuala Lumpur, Malaisie*

Au vu des kilomètres parcourus la veille, qui voient notre moyenne remonter en flèche, nous nous octroyons une journée de visite à Kuala Lumpur.

KL, pour les intimes, fascine. Avec ses tours d'acier étincelantes, ses innombrables gratte-ciel, ses centres commerciaux et ses boutiques de luxe, nous avons l'impression de débarquer dans une autre dimension. L'humidité et la moiteur ambiante ne sont qu'un vague souvenir lorsque l'on déambule dans les rues, ou devrait-on dire les passerelles, passages clos et climatisés. Du jamais-vu.

Le fossé avec les quartiers éloignés du centre financier n'en est que plus grand, mais la ville fonctionne, tourne ainsi. Lorsque l'on questionne ses habitants sur leurs mode et qualité de vie, ils sont unanimes. L'important, pour profiter des attractions qu'offre Kuala Lumpur, est de travailler, et à ce moment-là, tout semble aller pour le mieux. Les inégalités sont certainement éparpillées ici et là, mais la joie de vivre que l'on rencontre aujourd'hui ne nous fait pas montre de cet état. L'inactivité n'est pas au programme de KL.

Carrefour des cultures malaise, indienne et chinoise, Kuala Lumpur insuffle ses influences cosmopolites dans l'architecture, dans la gastronomie et dans les arts. Stimulante et dynamique, la ville étonne et surprend. Tout comme les rencontres que nous faisons.

Au détour des magasins de créateurs, nous tombons sur Martin Stevenson, auteur du livre *More than Footprints* et rédacteur en chef d'un site du même nom, d'origine anglaise, attablé à la terrasse d'un café. Plongé dans son ordinateur, il lève la tête pour nous accorder cinq minutes. Nous passerons au final un long moment à discuter et argumenter avec lui sur l'évolution du tourisme de masse et sur la nécessité d'un tourisme responsable qui contrebalancerait ses affres. Un échange constructif tout à fait inattendu et plus qu'appréciable.

Plus tard dans la journée, après de vaines tentatives pour visiter les tours jumelles Petronas, intrigante construction de béton armé, nous parvenons au dernier étage de la tour KL, autrement dénommée Menara Kuala Lumpur, grâce à une famille indienne qui nous offre les billets d'entrée. La vue y est impressionnante. La ville et ses joyaux scintillants s'étalent à nos pieds. Pour couronner cet instant, nous faisons la rencontre de Victor. Étudiant français piqué par le virus du voyage, il parcourt seul l'Asie du Sud-Est. Sa bonne humeur, son entrain et sa réaction au récit de notre aventure ou lorsqu'il teste avec nous un trajet en taxi façon Optimistic Traveler nous donnent des ailes. À tel point qu'à la fin de la soirée passée avec lui, nous lui proposons de nous accompagner le lendemain à Singapour.

Sa réponse, tel un réflexe, ne se fait pas attendre. Victor rejoint officiellement notre équipe le temps d'une étape.

– Je prends juste mon passeport et je vous suis !

Nous nous séparons sur cette bonne nouvelle, trépignant d'impatience à l'idée de nous retrouver le lendemain. Nous regagnons, ravis, le domicile de Rusli et sa famille, qui répondent présents pour nous accueillir une deuxième nuit.

### *Jour 52 - jeudi 30 octobre 2014, Kuala Lumpur-République de Singapour*

Même en voyage de l'autre côté de la planète, il est extraordinaire de voir comment l'on peut se créer de nouveaux repères, de nouvelles habitudes. Pour ce deuxième jour à Kuala Lumpur, la journée commence, comme la veille, dans le petit restaurant de rue tenu par la mère et le frère jumeau de Rusli, juste en face de leur appartement. Victor, notre complice, nous y rejoint pour partager un plat de riz aux légumes préparé avec soin par la cuisinière. De quoi prendre les forces nécessaires pour relever, à trois, ce nouveau défi qui nous attend.

Quitter une grosse agglomération, nous l'avons déjà expérimenté, n'est pas chose facile. Après quelques refus et hésitations, un piéton nous sort de cette mauvaise passe en nous procurant des tickets pour un bus de ville qui nous permet de nous rapprocher de la périphérie. Une fois installés à la première station-service accessible, nous reprenons notre chorégraphie, assortie de notre rengaine favorite, pour tenter de convaincre les automobilistes de nous prendre en stop.

Sur la vingtaine de véhicules accostés, pas un n'accepte. L'échec est cuisant. La situation se corse un peu plus lorsque le responsable de la station nous demande de partir, sous peine d'appeler la police.

Muammer et Victor s'exécutent, tandis que je joue la carte de la parole.

Mes arguments semblent le dissuader de mettre sa menace à exécution puisque la donne change : il passe certes un coup de téléphone, mais à un taxi qui, à ses frais, nous emmène sur l'autoroute en direction de Singapour. Première victoire.

Nouvelle aire, nouveaux espoirs. Très vite, Muammer confirme ces énergies positives. M. Lam nous embarque dans sa berline. Armés de café, de thé chai et de gâteaux offerts par lui, nous filons vers le sud, direction Tangkak. Originaire de la région, M. Lam ne nous conduira hélas pas plus loin, mais sa générosité ne s'arrête pas là pour autant. Avant de nous mettre dans un bus pour effectuer la dernière moitié du trajet, il nous emmène déjeuner puis déguster, dans le magasin d'un de ses amis, l'un des mets les plus prisés et les plus rares d'Asie du Sud-Est : le nid d'hirondelle. Quoique déconcertés par l'idée et le goût peu prononcé, nous nous exécutons, d'autant plus que ces nids sont réputés avoir diverses vertus. Et puis, l'occasion est trop belle pour la laisser passer.

Les 150 kilomètres restants sont avalés en un clin d'œil. Très vite, nous approchons de l'île de Singapour. Nous effectuons un changement de bus avant de déambuler, à pied, dans ce qui s'apparente à des couloirs, des passerelles et des halls d'aéroport pour accéder à ce nouveau territoire. La République de Singapour, enfin.

Pas si vite. Léger contretemps au poste frontière. Les voyages en Afrique de Muammer suscitent des questions pour des raisons sanitaires, quant au fait de ne pas avoir de billet d'avion, de réservation d'hébergement ni d'argent, cela intrigue naturellement les autorités. Le doute s'installe et le temps s'allonge. Finalement, les coupures médiatiques au sujet de notre tour du monde nous tireront d'affaire.

La République de Singapour, donc.

Nous rejoignons le centre-ville grâce au concours de Pauline, une jeune Française qui nous offre des titres de transport. Des buildings futuristes se dressent devant nos yeux ébahis. Il fait nuit noire désormais et les lumières luisent de toutes parts. Nous nous aventurons dans l'un de ces complexes alléchants, guidés par notre instinct.

Destin ou bonne étoile, hasard ou coïncidence, nous ne savons que dire ou que penser. La route nous enseigne chaque jour de nouvelles leçons que nous tentons d'appliquer et accroît notre instinct et notre ouverture d'esprit. Parfois, la chance nous sourit et nous la saisissons au vol. Marvi Farkoush, son épouse

Anahita et leur fils, charmante famille d'origine iranienne, parcourent au même moment les couloirs rutilants. En une fraction de seconde, le contact est créé et d'un simple échange entre deux portes naissent de riches et longues discussions autour d'un verre. Nous abordons ensemble les enjeux de l'éducation, de l'égalité et de la parité. Nos convictions et nos envies. Cette soirée nous marque à jamais. Leur présence, le temps qu'ils nous consacrent et leur investissement financier sont autant de souvenirs mémorables.

Du haut de notre tour dorée – nos anges gardiens ont insisté pour nous payer une chambre dans un hôtel cinq étoiles malgré nos tentatives pour les en dissuader –, nous nous repassons les événements de la journée et de notre périple. Du plus petit au plus grand, chaque geste compte. Si nous apprécions ce soir un peu de luxe, notre vision, notre perception des cadeaux et de la bienveillance que nous recevons restent inchangées.

Quant à Victor, il revit, des étoiles dans les yeux, les moindres moments de cette journée. S'il avoue avoir peu dormi la nuit dernière, pris de craintes et de doutes, la magie des rencontres et les kilomètres s'additionnant au compteur lui ont redonné confiance, jusqu'à promettre de se lancer dans un voyage similaire, un jour.

## *Jours 53 à 56*
## *- du vendredi 31 octobre au lundi 3 novembre 2014, Singapour*

Nous y sommes. La grande enjambée, la grande traversée, celle tant attendue et tant redoutée depuis le départ. L'océan Pacifique.

Prendre le large, s'envoler de l'autre côté. Remonter le temps. Si seulement. La côte ouest des États-Unis nous tend les bras. Il serait dommage de s'arrêter en si bon chemin.

Nous y sommes. Le moment de vérité. Nous prouvons et nous nous prouvons, chaque jour, que l'humanité prime dans ce monde que nous dépeignons bien trop souvent comme sombre. Mais la générosité est-elle sans limite ?

Ces billets, nous les voulons pour boucler ce challenge, cette aventure n'étant plus seulement un cheminement personnel mais une volonté de concrétiser notre désir d'humanitaire. Au-delà de ce geste, cette expérience formatrice devient révélatrice de l'attitude que l'on a face à la vie en général.

Quatre jours. Il nous aura fallu quatre jours pour obtenir les précieux laissez-passer. Quatre longues journées rythmées de hauts et de bas. Passant de l'allégresse à la déception. Du doute à l'espoir. Quatre-vingt-seize heures dignes des montagnes russes.

Prendre la décision, le premier matin, de quitter cette bulle qu'était notre chambre d'hôtel et laisser partir Victor n'était pas évident. On s'enferme vite dans un confort, si éphémère soit-il. Écumer les comptoirs des compagnies aériennes à l'aéroport et les agences de voyages du centre-ville pour voir se refermer les portes et les chances de quitter l'Asie se réduire, présenter Optimistic Traveler comme l'on expose un plan marketing, n'est pas une partie de plaisir. En une fraction de seconde, le vacillement peut être fatal. Déstabilisés, nous le sommes évidemment lorsque, conviés à assister à un match de rugby le samedi après-midi, nous nous retrouvons seuls face à une marée d'hommes d'affaires, expatriés et familles de la haute société singapourienne peu enclins à la discussion. Si l'invitation de notre hôte partait d'un bon sentiment, à savoir celui de partager ses contacts et son réseau pour nous aider à trouver une solution, nous éprouvons vite un sentiment de malaise. Échanger, parler de notre projet et de notre requête revient ici à quémander, et cela ne nous plaît pas. Une étrange sensation. Et un lieu que l'on quitte bien vite.

Faut-il s'arrêter à cela ? Il est clair que non. Les mauvaises expériences pèsent bien peu dans la balance face aux encouragements, aux marques d'affection et aux liens qui se tissent.

Sans oublier les signes distillés çà et là, prêts à se laisser déceler.

Si Victor, en une journée de voyage avec nous, a eu l'impression que le monde et les possibilités s'ouvraient à lui, comment pourrions-nous, plus de cinquante jours après notre départ, y voir le contraire ?

Comme le yin et le yang, les énergies négatives vont de pair avec les énergies positives. Lorsque Louis, l'un des managers de la compagnie Singapour Airlines, nous annonce autour d'un café qu'il ne peut prendre aucune décision quant au sponsor de nos billets, c'est pour ajouter ensuite que notre optimisme et notre volonté, ainsi que notre démarche, se doivent d'être partagés.

Il est de ces paroles qui résonnent et s'impriment dans l'inconscient. Qui viennent s'ajouter à une intuition, ou qui réconfortent, tout simplement. Parfois, tout s'enchaîne. Les signes, les clins d'œil, les rencontres. Comment ne pas sourire et repenser aux discussions philosophiques échangées sur le bord du Gange en Inde, lorsque le prêche du prêtre de l'église de Singapour est intitulé *« You are special »*. Ce n'est pas tous les jours que nous assistons à une messe, et il faut que ce soit celle-ci ! Un clin d'œil certes, et un message fort sur le but que chacun se fixe dans la vie et l'énergie que l'on met en œuvre chaque jour pour l'atteindre.

Les rencontres semblent prédestinées. Sans elles, nous n'aurions pas la chance de vivre ces instants inoubliables et d'avancer.

Et ces quatre jours passés à Singapour ne dérogent pas à la règle. Nous sommes, comme à chaque fois, tombés sur des perles. Frances et Paul, d'abord, nous font signe au travers des réseaux sociaux. Bloqués à Singapour, nous avons besoin d'un endroit où dormir. Nous ne passerons pas une, mais trois nuits à leur domicile. Frances, britannique et singapourienne d'adoption depuis plus de vingt ans, nous accueille comme ses enfants. D'un dynamisme contagieux, elle nous ouvre son quotidien. Paul son mari, singapourien de souche, met quant à lui tout en œuvre pour nous aider. Ils nous accompagnent, nous supportent, sans rien attendre en retour. Des gestes qui, toujours, nous prennent par surprise.

Puis, parfois, le moral n'est pas au beau fixe. Nous quittons, abattus, l'événement sportif sur lequel nous avions fondé un espoir. En essayant de nous changer les idées, nous atterrissons sur le toit terrasse du Marina Bay Sands Hotel, un de ces immeubles aux allures futuristes dont Singapour a le secret. L'ambiance y est décontractée, les enfants jouent d'un côté, les amis rient de l'autre.

La luminosité embrumée du soleil couchant dépose un filtre sur ces scènes auxquelles nous assistons. Un peu plus loin, accoudé au bar, se tient un personnage qui attire notre regard, tout du moins celui de Muammer. Nous ne faisons qu'échanger quelques mots et coordonnées avec J. B. Wood, éminent homme d'affaires californien, mais il est clair que quelque chose est en train de s'écrire…

Anahita, enfin. Grâce à elle, le rêve d'atteindre San Francisco devient réalité. Son message inespéré indiquant qu'elle nous offre un des deux billets d'avion agit comme un déclic. Sans elle, Aziz ne nous aurait jamais contactés depuis la France pour sponsoriser le deuxième billet. Un enchaînement heureux. Et surtout, une véritable rencontre. Sa présence et sa personnalité, lumineuses, égayent et enrichissent notre séjour. Déjà, lors de notre première soirée à Singapour avec son mari et son fils, son implication et sa distinction nous avaient marqués. Au fil de nos échanges, elle se dévoile un peu plus, rieuse, pleine d'envies et de vie. Ses confidences nous touchent, ses marques de confiance nous emplissent de fierté. Une amitié est née.

Fous de joie, nous avons là la preuve qu'il ne faut pas baisser les bras devant les épreuves. Armés de patience, il faut contrer les énergies négatives ou s'en servir pour aller chercher le meilleur. Et là, entourés des bonnes personnes, la magie opère. À nous San Francisco !

# L'Asie du Sud-Est

57 jours = 21 455 km

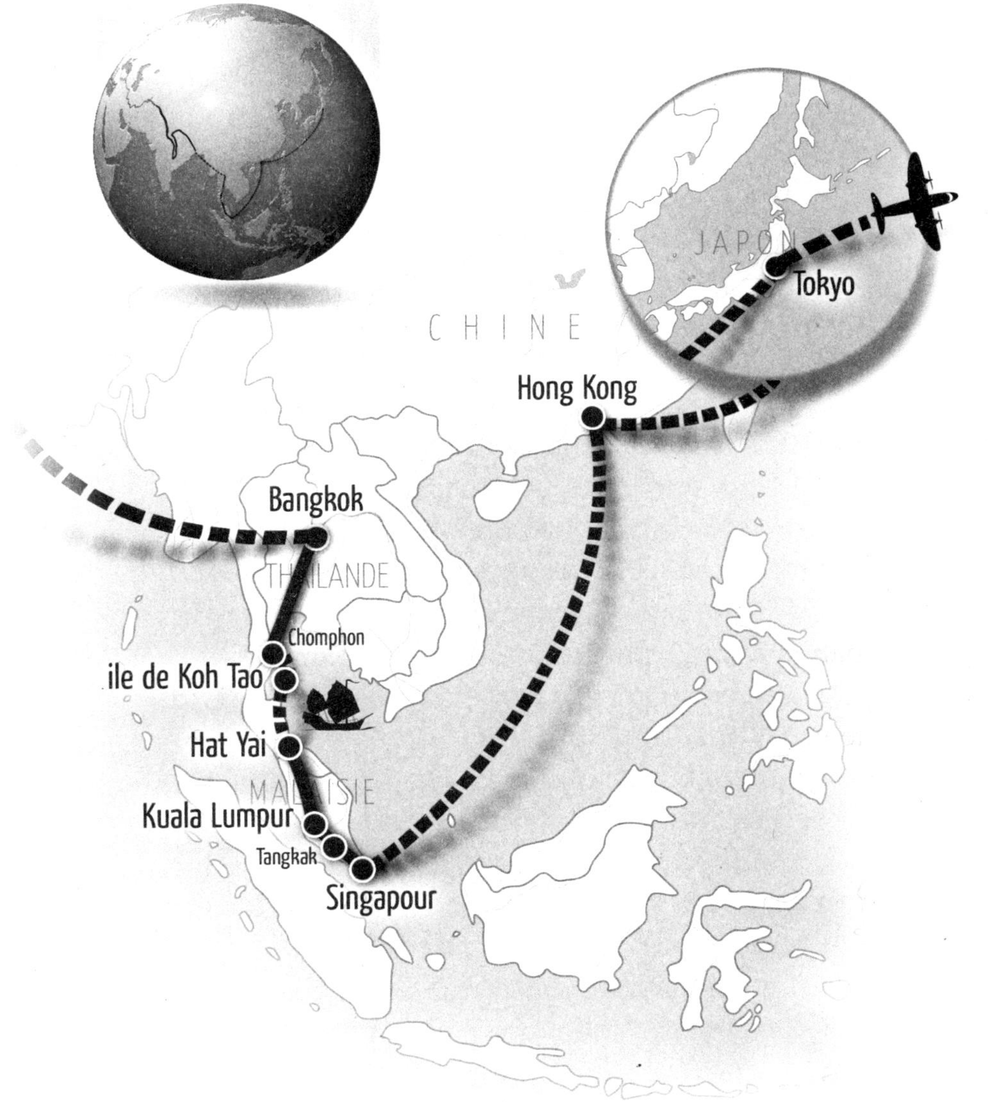

## *Jour 57 - mardi 4 novembre 2014, Singapour-Hong Kong-Tokyo-San Francisco, États-unis*

C'est avec très peu d'heures de sommeil au compteur que nous arrivons à l'aéroport ce matin-là, déposés par Paul. Insomniaque, lui ne semble pas indisposé par le chiffre cinq qui brille sur l'horloge, et c'est aussi bien comme ça. L'impatience face au départ et la perspective du challenge ne tardent pas à finir de nous réveiller.

C'est une journée à rallonge qui nous attend. Trois vols, deux escales, quinze heures de décalage horaire au total. La conquête de l'Ouest américain se mérite. Le premier avion quitte le tarmac, nous laissons Singapour derrière nous. Quelques heures plus tard, c'est Hong Kong qui apparaît. Profitant du temps libre avant le prochain vol, Muammer prend le pari risqué de partir visiter la ville. Un concentré hongkongais en quelque sorte. Une immersion dans le labyrinthe des tours de verre et d'acier et dans le melting-pot de la mégapole chinoise. Les rencontres, aussi brèves soient-elles, se succèdent. Les nationalités sont multiples, les profils variés. Il croise tour à tour un top model russe, un chercheur contre le VIH, une auteure-compositrice anglaise, une masseuse australienne… L'échange est enrichissant, les personnalités fascinantes. Tout comme cette entrevue, à l'aéroport de Tokyo, avec une jeune athlète russe de dix ans et sa mère. Chaque histoire nous fait voyager encore un peu plus.

Troisième avion. Cette fois-ci, nous quittons pour de bon le continent asiatique. L'océan Pacifique étend son tapis bleu marine. Au bout, San Francisco, terre promise, nous attend. L'Amérique du Nord, enfin. Puis l'Europe, et Paris, bientôt. L'aventure prend une tout autre ampleur. Il reste vingt-trois jours, tout est jouable.

C'est notre ami J. B. Wood qui vient nous chercher à l'aéroport. Nous savions bien que Singapour ne marquait que le début de notre histoire. Au volant de sa Jaguar bleue, il se régale. L'œil fier et rieur, il nous embarque dans son monde, direction Los Gatos, au sud de la baie de San Francisco. La fatigue des quelque trente heures de vol et le *jet lag* ne semblent pas avoir d'emprise sur nous. Du moins, nous n'en ressentons pas les symptômes, masqués par l'excitation et la curiosité que cette nouvelle relation et cette nouvelle terre nous procurent.

Le dîner auquel nous sommes conviés nous plonge instantanément dans cette culture nord-américaine si particulière. Le contact est facile, enjoué. Gina, l'amie de J. B., virevolte et papillonne dans le restaurant, assurant une ambiance plaisante. Le contraste entre les continents est saisissant. La différence est exaltante. Bienvenue en Californie.

### *Jour 58 - mercredi 5 novembre 2014, San Francisco, États-Unis*

Lever à 6 h 30 tapantes. Les arômes de café nous conduisent jusqu'à la cuisine où nous attend M. Wood. On le voit concentré à griffonner un bout de papier : ce sont là nos instructions pour la journée. Katie, la jeune serveuse que nous avons rencontrée la veille au restaurant, doit nous emmener visiter San Francisco. Sur sa feuille, J. B. a noté toutes les directives pour que l'on profite au mieux de notre matinée. Une attention touchante.

Revirement de situation, Katie a un empêchement. J. B. met le plan B en action. Nul besoin de son plan de route, il endosse lui-même le rôle de guide ! Premier arrêt sur les plages de la baie de San Francisco. Puis, passage obligé sur le flamboyant Golden Gate Bridge, au Palace of Fine Arts, à la chocolaterie Ghirardelli, le long des quais, sur Lombard Street ou à Union Square. Il nous sort le grand jeu et San Francisco nous charme de ses atours en un battement de cils.

Comment ne pas fondre devant ses maisons victoriennes et son architecture colorée, ses *cable cars* et leur mécanisme d'antan, ses rues pentues et biscornues ? Le soleil d'automne nous accompagne, la végétation revêt paisiblement ses couleurs pourpres. La douceur de vivre californienne nous gagne rapidement.

J. B. nous mène ensuite sur son terrain de jeu de prédilection. Là où son travail, sa persévérance ont payé. Là où ses deux entreprises spécialisées dans les nouvelles technologies sont implantées. La Silicon Valley. Apple, Microsoft ou Google pour ne citer qu'eux : les géants défilent là, devant nos yeux.

Retour à Los Gatos. Nous essayons de planifier la suite de notre aventure. Côtoyer des travailleurs acharnés et passionnés comme J. B. nous donne des ailes, il s'agit alors de ne pas nous reposer sur nos lauriers. Par la route, deux options s'offrent à nous. La première, la plus rapide, est de passer par le nord, la deuxième par le sud. Le trajet est plus long, mais les températures plus élevées. Nous penchons étonnamment pour le nord, mais la décision s'oriente vers le train sur les conseils de J. B. Ses éloges du California Zephyr, la liaison entre San Francisco et Chicago, nous mettent l'eau à la bouche… Affaire à suivre.

Pour l'heure, J. B. nous entraîne une nouvelle fois dans son univers festif et chaleureux. Entouré de ses amis, il nous ouvre encore davantage son quotidien, sa vie, lui qui nous connaissait à peine vingt-quatre heures plus tôt. Les conversations s'engagent de toutes parts, ses proches nous accueillent à bras ouverts et les invitations tombent. Jusqu'à nous entraîner dans le test de la Tesla, dernière invention de l'ingénierie mobile. Sensations fortes garanties sous un ciel de pleine lune. La Silicon Valley n'en finit pas de nous faire rêver.

### *Jour 59 - jeudi 6 novembre 2014, San Francisco, États-Unis*

L'Amérique du Nord. La Californie. Ce tour du monde en quatre-vingts jours nous mène définitivement dans bien des endroits.

Au cinquante-neuvième jour de cette aventure, nous nous réveillons à San Francisco chez notre hôte J. B. Wood. Sa générosité et sa convivialité, qualités que nous avions déjà pu constater lors de notre première rencontre à Singapour, se révèlent déterminantes dans le déroulement de notre aventure. Grâce à lui, il est convenu que nous traverserons les États-Unis, de la baie de San Francisco à New York, non plus en stop, mais en train, puisqu'il nous offre d'ores et déjà un des deux billets. Un gain de temps considérable qui nous permet de profiter de moments supplémentaires en sa compagnie.

Une journée hors du temps, une parenthèse dans le rythme effréné imposé par cette course contre la montre. Une journée où l'on bascule entièrement de l'autre côté du miroir et où l'on profite pleinement de tous les bienfaits du travail accompli et de la volonté mise en œuvre jusque-là.

Voir l'aventure sous un nouvel angle, se laisser surprendre par la vie et le hasard des rencontres, en somme.

Ne pouvant se joindre à nous pour cause d'obligations professionnelles – être un homme d'affaires important à la tête de deux entreprises n'est pas de tout repos –, notre ami nous prépare encore une fois un planning d'excursions et de visites en nous sommant de prendre sa Jaguar, une proposition peu conventionnelle, d'une confiance évidente ! Le tourbillon est irréel. Nous glissons sans cesse, depuis le premier jour du challenge, d'un monde à un autre…

Au volant de cette voiture de luxe, nous prenons la route vers le sud en empruntant la Highway One, le long de l'océan Pacifique. La côte escarpée se profile à nos côtés et la beauté des paysages nous saisit. La curiosité nous pique et nous marquons plusieurs arrêts, une opportunité que nous ne voulons pas manquer.

Une plage infinie, l'océan à perte de vue. La douceur du soleil qui réchauffe, le roulement des vagues qui berce. Un sentiment de liberté. Le temps ici est comme suspendu, nous y restons ce qu'il nous semble être des heures. Des heures à réfléchir, seuls face à l'immensité, assis sur la plage ou marchant. Une communion avec la nature, un instant privilégié qui nous permet de nous ressourcer. Le calme avant la tempête ou plutôt le moment de folie dont je suis l'instigateur : pourquoi ne pas nous baigner, là, tout de suite, dans le Pacifique ? Nous n'avons pas de maillot de bain mais peu nous importe, qui en a besoin ? La liberté, encore et toujours !

C'est couverts de sable et revigorés par la température un peu fraîche de l'eau que nous reprenons la route pour Carmel, bourgade touristique et atypique où les villas et les somptueux jardins se succèdent. Nous sommes attendus pour déjeuner dans une auberge dont J. B. est l'un des propriétaires. Autour d'un plateau de fromages et de jambon, nous découvrons une immense bâtisse blanche, spectaculaire. L'architecture est magnifique et la végétation abonde. Installés à l'ombre des arbres au cœur du patio, près de la fontaine, nous décidons de prendre quelques images et vidéos du lieu pour en faire un clip promotionnel en remerciement de l'accueil reçu, si chaleureux.

L'heure est venue de repartir pour honorer notre invitation chez des amis de J. B. Wood à Los Gatos. Surplombant la colline, la grande maison en bois de Glan et Karyn Gramling offre une vue imprenable sur la Silicon Valley. La nuit est maintenant tombée, les lumières scintillent jusqu'à l'horizon. La soirée se poursuit comme la journée a commencé, riche en surprises et en rencontres.

C'est une vingtaine d'invités et un gâteau de bienvenue mentionnant « Welcome Milan & Muammer » que nous découvrons, émus, à notre arrivée. Ils sont tous plus curieux et avides d'informations et d'anecdotes sur l'aventure Optimistic Traveler les uns que les autres, et nous passons notre temps à parler de nos projets, de nous, d'eux, de la vie… Les conversations s'animent, les rires et les confidences fusent. Nous décrochons par la même occasion notre deuxième billet de train, grâce à une levée de fonds collective totalement imprévue !

Le partage caractérise définitivement cette soirée. Des liens forts se nouent avec notre hôte et ami J. B. Une relation paternelle comme il se plaît à la qualifier, ce qui nous touche incontestablement. Une connexion qui n'est pas près de se rompre. Une rencontre, indéniablement qui marque d'autant plus Muammer dont le père a disparu il y a peu.

Nous partageons encore quelques moments de vie, comme l'achat plus que laborieux sur Internet des billets de train pour le lendemain – valables quinze jours et nous autorisant à huit arrêts – et, heureux, nous allons nous coucher pour une courte nuit.

Les anecdotes, les lieux et les personnes nous auront permis au cours de cette jolie parenthèse californienne, de faire le plein de souvenirs et auront marqué nos esprits avides d'expériences en tous genres.

## *Jour 60 - vendredi 7 novembre 2014, San Francisco-Salt Lake City, États-Unis*

Couchés à 3 h 30 du matin, c'est non sans mal que nous nous levons deux heures et demie plus tard. Nous quittons avec beaucoup d'émotion J. B., qui nous dépose chez les Gramling. Chaque moment passé en sa compagnie, chaque histoire partagée marque définitivement nos esprits et devient source d'apprentissage et d'inspiration.

Ce départ remet en perspective toutes nos rencontres et leur donne une nouvelle intensité.

Lors de la préparation du challenge nous avions prévu de travailler tous les jours pour remercier nos hôtes et chaque personne qui nous aurait tendu la main. Mais la générosité du monde a dépassé nos espérances, nous avons reçu sans compter et nous espérons, qu'en retour, notre joie de vivre et notre amour auront récompensé tous ces dons.

J. B. nous regarde une dernière fois dans les yeux et nous dit : « À partir de maintenant je suis votre père, avant de faire quoi que ce soit dans votre vie, vous m'appelez pour que je vous aide ou que je vous donne des conseils. »

L'expérience de vie et l'intelligence de cet homme auront changé une partie de nous.

La lune s'éclipse pour faire place au soleil, la vallée est baignée de lumière. Nous profitons de ces instants magiques autour du petit-déjeuner avec nos amis. Puis, rapidement, trop rapidement même, sonne l'heure du départ.

Randy, rencontré lui aussi lors de la soirée, vient nous chercher comme promis pour nous emmener à la gare. Direction Emeryville donc, au nord-est de San Francisco, après une halte à son domicile pour nous donner écharpes et bonnets. Nous filons vers l'est et le froid sans être d'une once équipés…

La petite station d'Emeryville ne paie pas de mine. C'est pourtant d'ici que part quotidiennement le renommé California Zephyr, pour l'un des plus beaux voyages en train d'Amérique du Nord, si l'on en croit les voyageurs chevronnés.

Il est 9 heures du matin, nous prenons place à bord. Le long trajet commence, près de 1 400 kilomètres nous séparent de Salt Lake City. Notre enthousiasme face à cette nouvelle aventure ne se fait pas attendre. La curiosité nous démange et nous partons à la rencontre de nos voisins. Ici, un couple est en partance pour Reno, dans l'État du Nevada. L'objet de ce voyage, leur premier en train ? Les 70 ans de Madame, qui s'empresse aussitôt de nous dévoiler le programme des festivités, entre show de cabaret, restaurant japonais et casino. Plus loin, dans la voiture adjacente, la musique soul résonne. En voyant notre étonnement, l'un des passagers s'exclame, amusé :

– *Yeah, DJ on the train !*

Deux dames âgées s'empressent d'ajouter, complices, sur le ton de la confidence :

– *There used to have one car just for dancing. That was a lot of fun.*

Dehors, les paysages défilent. Les banlieues industrielles laissent bien vite la place aux grands espaces. Aux épaisses forêts de séquoias et aux lacs, d'abord. Aux plateaux et aux vallées, ensuite. La végétation change, les roches se découpent au loin.

Nous continuons de discuter avec les gens autour de nous. Certains partagent avec nous leurs sandwichs, d'autres nous apportent des bouteilles d'eau. Nous nous laissons aller au rythme nonchalant du train. Et, fatigués, nous tombons dans les bras de Morphée.

### *Jour 61 - samedi 8 novembre 2014, Salt Lake City, États-Unis*

Nous ouvrons les yeux juste à temps pour débarquer sur le quai. Il est 3 h 30 du matin, nous sommes à Salt Lake City, Utah. Il fait nuit noire et terriblement froid comparé aux températures que nous connaissons depuis quelques mois. Un regard entre nous et une certitude, si nous ne voulons pas terminer la nuit dehors : il faut agir maintenant ou jamais. Tout se joue en une poignée de minutes avec les quelques passagers descendus en même temps que nous. Le succès n'est pas au rendez-vous et nous prenons, résignés, la direction du centre-ville.

Deux longues heures durant, nous arpentons, déboussolés, frigorifiés et sans but précis, les rues sombres et désertes. Chanceux, nous finissons par nous réchauffer quelques instants près d'un feu de cheminée dans un hall d'hôtel, avant de repartir. Une nouvelle marche qui nous remet les idées en place. À cette heure matinale, la population est encore endormie. Seuls les sans-abri, nombreux, errent dans la ville. Nous discutons avec l'un d'entre eux des aides sociales mises en place, du climat ambiant dans les refuges. Avec son œil au beurre noir, il nous avoue qu'effectivement, il faut faire attention à soi et à ses affaires. Nos complaintes antérieures semblent bien mal placées tout d'un coup…

Le jour point enfin, les lève-tôt démarrent leur journée. Notre prochaine rencontre nous fait prendre conscience d'une autre différence, d'une culture qui nous est encore étrangère. À Salt Lake City se trouve en effet le siège mondial du mormonisme, ou Église de Jésus-Christ des saints des derniers jours. Ralph, âgé de 77 ans et père de sept enfants, nous introduit rapidement à l'histoire liée à cette confession et nous oriente vers Temple Square, site regroupant le lieu de culte, les bâtiments administratifs de l'Église, les centre de conférences, musée et bibliothèque. Nous y passons une partie de la matinée à essayer d'en savoir un peu plus, notamment grâce aux visites orchestrées par les sœurs missionnaires.

J 62 - Dans le California Zephyr avec Gaëlle, entre Salt Lake et Denver.

J 63 - À Denver.

J 65 - Soirée avec Joe Miller, Chicago.

J 66 - Avec Joe Miller, Chicago.

J 66 - Dans la Louder House, Chicago.

J 66 - La Louder House.

J 69 - Avec Tim, Washington.

J 70 - La Maison Blanche, Washington.

J 72 - Philadelphia.

J 72 - Time Square, New York.

J 73 - À l'ONU avec Sibylle, New York.

J 72 - Avec Tamer, New York.

J 75 - Dans l'avion pour Marrakech.
Merci à Christiane (parisienne) & Jana
(tchèque) pour les billets d'avion.

J 76 - À Marrakech.

J 76 - En route vers Casablanca.

J 78 - À Bordeaux avec Romain
et les cousins.

Le planisphère avec lequel les élèves
du collège Jules-Verne (Provins)
nous ont suivis chaque jour.

J 80 - Retour à Paris avec Antoine de Maximy.

L'équipe de Boulevard des Productions, Paris.

La peinture de notre ami Joe Miller qui depuis nous a accompagnés dans notre mission à Haïti.

La suite de la journée nous mène à travers la ville et nous permet de continuer les rencontres. D'un barbier et salon de coiffure hors du commun et hors du temps, nous partons en périphérie de Salt Lake City à la mission mormone où Scott, le manager, nous offre deux vestes. Nos allées et venues dans les transports nous font croiser la route de nombreux personnages, et c'est avec deux étudiantes étrangères que nous prenons la direction du campus universitaire. De là, après un en-cas typiquement américain, le sandwich au beurre de cacahuètes et à la confiture, nous rejoignons un sentier de randonnée qui accède à un point de vue surplombant la ville. Cette promenade de santé nous fait un bien fou. La vue est exceptionnelle, les couleurs du ciel au soleil couchant sont hypnotisantes. Nous profitons de cet instant de symbiose avec la nature avant de redescendre vers le centre où l'effervescence bat son plein.

C'est soir de match à Salt Lake City et le football américain n'est définitivement pas pris à la légère. Les supporters ont envahi les rues, l'ambiance est impressionnante.

Sur cette note festive, nous profitons de nos dernières heures à Salt Lake City en compagnie de Shanay, Stacey et leurs amis, rencontrés plus tôt dans la montagne, bien loin de ce tumulte.

## *Jour 62 - dimanche 9 novembre 2014, Salt Lake City-Denver, États-Unis*

Trois heures trente du matin, nous embarquons de nouveau à bord du California Zephyr pour rejoindre notre prochaine étape, Denver. La voiture est plongée dans le noir et le silence règne. Les passagers dorment. Une fois installés, nous nous empressons de les imiter.

Quelques heures plus tard, c'est sous une météo éclatante que nous nous réveillons. La lumière matinale sublime chaque couleur : les roches et les falaises rouges et ocre des canyons au pied desquels nous avançons, les tonalités dorées et flamboyantes de la flore qui a revêtu ses habits d'automne, le bleu glaçant du ciel et de la rivière Colorado qui coule à nos côtés. Les paysages grandioses de l'Ouest américain accompagnent nos divagations et nos rêveries. Les Rocheuses suscitent la fascination.

La cadence du train crée une sensation particulière, un rythme à part, un espace-temps. Nous glissons en vase clos dans cette autre dimension, nous pénétrons entièrement dans l'univers du California Zephyr.

Nous explorons les moindres recoins de ce nouveau monde, des couloirs étriqués à la voiture panoramique investie par les familles amish et leurs ribambelles d'enfants. Chacun vit dans sa bulle et pose néanmoins un regard bienveillant sur ses compagnons de voyage, tout comme le personnel de la compagnie Amtrak.

Puis, comme à notre habitude dans chaque nouvelle contrée, nous provoquons quelques rencontres et nous nous laissons surprendre par d'autres. Très vite, une équipe francophone se forme, avec deux voyageurs solitaires en route pour Chicago. Nicolas, d'abord, et Gaëlle, ensuite. La journée se déroule en leur compagnie autour de discussions sur nos parcours personnels et nos voyages. Sur les expériences et les leçons que nous tirons de chaque pays ou ville traversés. Gaëlle, peu expansive, observe davantage nos échanges qu'elle ne participe. Il n'en faut pas plus pour attiser notre curiosité. L'explication ? Une réserve, certes, mais aussi un mode d'expression qui passe par l'écrit. Et c'est non sans une légère insistance de notre part qu'elle accepte de nous livrer un de ses textes, puis un autre. D'emblée, ses mots nous touchent et, naturellement, l'idée d'une collaboration germe dans nos esprits. Seul le temps nous dira ce qu'il en adviendra…

La lumière extérieure change, le jour décline. Denver se profile à l'horizon. Le trajet continue et la bonne humeur et l'enthousiasme que nous ressentons se transmettent aux passagers autour de nous. Les conversations s'engagent encore, ici et là. Milan discute brièvement avec un couple d'Américains, Steve et Debra, qui revient plus tard vers nous pour nous annoncer qu'un de leurs amis est prêt à nous héberger le soir même. Une nouvelle qui nous remplit de joie et nous soulage, bien évidemment.

Nous profitons d'un coucher de soleil aux mille teintes avant de plonger dans la nuit noire et de quitter notre monde parallèle pour rejoindre la réalité : Denver, Colorado. Nous suivons Steve et Debra dans la gare, puis rejoignons leur fils. Ensemble, nous gagnons le domicile de notre hôte. Panayoti nous ouvre la porte de sa maison avec une simplicité et une chaleur qui nous émerveillent. Nous y posons nos sacs à dos avec la ferme impression qu'ici encore une belle histoire est en train de s'écrire.

## *Jour 63 - lundi 10 novembre 2014, Denver, États-Unis*

Panayoti, ou P. K. comme on le surnomme, est un homme absolument passionnant et bienveillant. Il nous accueille, avec sa compagne, tels des amis, voire comme ses enfants. Conservateur et directeur des recherches et du développement du jardin botanique de Denver, il parcourt le monde entier et va à la rencontre des cultures étrangères lors de ses interventions et conférences.

Son savoir et sa sagesse, ainsi que son humour, sont pour nous d'une grande inspiration.

Nous croisons la route de nombreux personnages depuis notre départ. Tous ont des histoires particulières et certaines figures nous marquent particulièrement. La présence de P. K. et le temps qu'il nous accorde sont pour nous un honneur. En plus de nous ouvrir les portes de sa vie personnelle, il nous invite dans son univers professionnel. Nous découvrons les allées et les secrets du jardin botanique et nous comprenons grâce à ses mots les enjeux liés à son implication :

– Alors que les forêts et les campagnes se voient de plus en plus réduites, le jardin botanique demeure l'endroit où la nature retrouve ses droits au cœur des villes. Il agit comme un rappel pour que l'on n'oublie pas combien les plantes sont importantes pour l'homme, notamment sur le plan médicinal.

Notre mode de voyage nous offre définitivement la possibilité de prendre conscience du monde qui nous entoure et des entités qui le peuplent.

Nous passons notre première matinée à Denver au jardin botanique en compagnie de notre hôte et partons à la découverte du centre-ville dans le courant de l'après-midi. Les derniers rayons du soleil font de la figuration. Les beaux jours sont maintenant derrière nous. L'hiver s'installe au Colorado.

Les flocons virevoltent et les bourrasques nous glacent. Nous éprouvons des difficultés face aux températures négatives et notre résistance flanche rapidement. Jusqu'à ce que, comme à Salt Lake City deux jours plus tôt, la réalité nous rattrape au coin de la rue. Les sans-abri, eux, nombreux à Denver, subissent ce froid sans avoir d'autre choix. Ces dures scènes de vie dont nous sommes témoins ne sont pas sans effets sur nous. Apporter un peu d'aide aux personnes dans le besoin, ici ou ailleurs, au cours de ce challenge-ci et à notre retour, est un de nos souhaits les plus chers.

Fatigués, mais plus que jamais optimistes face à notre mission, nous retrouvons Panayoti. De retour chez lui, nous retroussons nos manches pour aider sa femme à préparer le dîner. Steve et Debra viennent en effet passer la soirée, et la bonne humeur et l'amitié sont à l'ordre du jour. À son arrivée, Debra ne peut masquer son excitation. Plus tôt dans la journée, elle a appelé son église pour tenter de récolter des manteaux pour notre expédition vers le nord, et elle nous tend un sac entier. Nous n'avons que l'embarras du choix et ne savons comment la remercier. Entre plaisanteries, anecdotes et bon repas, nous savourons cette soirée. Une fois les invités repartis et la lumière éteinte, le sommeil ne tarde pas à nous gagner.

## *Jour 64 - mardi 11 novembre 2014, Denver-Chicago, États-Unis*

Deuxième réveil au domicile de Panayoti. Pas de temps à perdre ce matin. Après le petit-déjeuner à l'ambiance toujours aussi familiale, nous ramassons nos affaires et filons au jardin botanique où nous sommes attendus. Une réunion autour du thème d'Optimistic Traveler, qui va rassembler tous les collègues de P. K. ainsi que le directeur du jardin, s'est en effet décidée, à notre grande surprise.

Plusieurs heures durant, nous évoquons le challenge qui rythme nos journées depuis le 9 septembre, mais nous nous accordons surtout sur les messages empreints d'humanité qui nous parviennent, que nous percevons et qu'il nous paraît essentiel de partager et diffuser en retour. Une réflexion enrichissante. Et P. K. de conclure :

– Voilà qui n'était en rien une réunion habituelle du personnel.

L'hiver a irrémédiablement pris ses quartiers à Denver. Une fine pellicule de neige recouvre la chaussée et le mercure reste figé dans le négatif. Nous quittons non sans un pincement au cœur notre ami P. K. et partons déjeuner avec Mike. Notre aventure a fasciné et inspiré ce jeune étudiant dès qu'il en a eu connaissance et lorsque sa mère, présente au meeting du jardin botanique, le contacte pour lui proposer de se joindre à nous, il saute sur l'occasion. Son ambition, une fois son cursus terminé, est de voyager tout en faisant du volontariat, et notre challenge le conforte dans son choix.

Il se confie également sur sa relation compliquée avec son beau-père et sur celle, inexistante, avec son père biologique, et sur ses doutes. De fil en aiguille, nous en arrivons à une proposition étonnante. Afin d'apporter un peu de clarté dans son cheminement, nous ne voyons dans l'immédiat qu'une solution : faire un bon coup de ménage dans son véhicule, au sens premier du terme. Jamais nous n'avons vu une voiture aussi sale ! Les bibelots s'y sont accumulés, les déchets en tous genres l'envahissent. Nous passons plus d'une heure à trier, jeter, nettoyer, aspirer. Une astuce efficace pour se vider la tête, et un joli moment de partage.

Vient l'heure de rejoindre la gare. Le train ne partant qu'en fin de journée, nous disposons encore d'un peu de temps. Le Café Terminal et ses employés nous accueillent avec enthousiasme. Alyssa nous offre tour à tour boisson et repas, tandis que son ami Josh fait le nécessaire pour que l'information de notre arrivée à Chicago circule sur les réseaux sociaux. Un hébergement découlera peut-être de cette aimable initiative.

Plus loin, près des quais, c'est avec Jake que nous faisons connaissance. À seulement 21 ans, il vit depuis deux ans dans la rue. Sans emploi, il n'a malheureusement pas été soutenu par sa sœur qui ne pouvait subvenir à ses besoins. Une nouvelle chance s'offre à lui aujourd'hui sous la forme d'un billet de train pour rejoindre sa mère à Milwaukee.

Nous sommes soudain interrompus dans notre échange par la visite surprise de Stefany. La voisine de P. K. déboule en trombe dans le hall de la gare pour nous dire au revoir. Elle s'empresse de nous remettre à chacun une sorte de kit de survie, avant de repartir aussi vite qu'elle est arrivée. Mouchoirs, gel antibactérien, mug isotherme, écharpe, bonnet et gants, elle a pensé à tout. Il y en a bien trop pour nous deux et nous décidons de partager avec Jake, qui en a davantage l'utilité.

Le train entre en gare. Les passagers se dirigent vers le quai. Melissa capte tout de suite notre attention. Avec ses cheveux violets, ses piercings et ses délicats traits d'eye-liner dessinés sur ses paupières, elle ne passe pas inaperçue. Paradoxalement, son style affirmé souligne une douceur, une fragilité. Telle une poupée au teint de porcelaine, les mains glacées, elle se tient là, devant nous, et sur les recommandations de son amie qui l'a amenée à la gare, nous décidons de voyager en sa compagnie et de veiller sur elle.

Nous prenons nos aises à bord du California Zephyr que nous commençons maintenant à bien connaître. Nous retrouvons sa cadence et ses rengaines. Entre discussions, lecture et travail, nous nous enfonçons dans la nuit noire en direction de l'est.

## *Jour 65 - mercredi 12 novembre 2014, en route pour Chicago, États-Unis*

Les rencontres effectuées dans ce monde parallèle qu'est le California Zephyr sont bien singulières. Ce matin du 12 novembre, nous nous réveillons bouleversés. Melissa nous a glissé une lettre avant de descendre du train. En quelques lignes, elle nous fait part de sa détresse, de son désarroi. Elle nous avoue que sa rencontre avec Optimistic Traveler la chamboule et lui redonne espoir. Elle retrouve foi en l'humain et décide d'accorder une nouvelle chance à la vie.

L'émotion nous envahit, les larmes embuent nos yeux. Et si le but de ce voyage, de ce challenge, était de croiser sa route, de la sauver ? Nous ne maîtrisons pas les lois de ce monde, mais dans un moment comme celui-ci, nous avons profondément envie de croire au destin et à la magie des énergies.

Nous sommes troublés, mais nous nous efforçons de continuer notre chemin. La diversité et la richesse des nouvelles rencontres nous restituent notre force.

Muammer parle longuement avec Jake, qu'il a retrouvé, tandis que je pars explorer la voiture panoramique.

Les histoires sont toutes différentes. Si une jeune femme part assister au mariage de son frère, une autre, Jessica, vient de tout quitter pour réaliser son rêve à New York. Des regards se croisent, des liens se créent. Au fil des heures, nous voyons sans cesse les mêmes personnes et l'indifférence n'existe plus. Dehors, les plaines de l'Illinois succèdent à celles de l'Iowa et les abords des villes dévoilent leur facette industrielle.

L'arrivée d'Andrew détermine la suite de notre voyage. Graphiste et musicien à ses heures, il habite dans la banlieue de Chicago avec ses colocataires. Les portes de sa maison sont toujours ouvertes, les visiteurs sont les bienvenus et c'est sans hésiter qu'il propose de nous y accueillir. Son humour et sa sympathie nous accompagnent durant nos dernières heures de train.

Chicago, Illinois, enfin. L'entrée dans la ville marque le lancement d'une soirée peu ordinaire. Gaëlle et Nicolas, les deux Français rencontrés dans le California Zephyr entre Salt Lake City et Denver, nous font la surprise de nous attendre à la gare. Voir des visages connus dans la foule n'est pas habituel pour nous depuis notre départ, et nous sommes heureux de pouvoir les retrouver. Des retrouvailles que nous nous devons de célébrer.

Nous nous installons de ce pas au bar de l'Union Station. Jessica se joint à nous avant de prendre sa correspondance. La musique live bat son plein, l'ambiance est au beau fixe. Nous nous racontons nos pérégrinations respectives, les sourires et les rires font un bien fou. Vient l'heure pour Jessica de rejoindre son train, quant à nous, nous jugeons trop court le temps passé avec nos amis et les embarquons chez Andrew !

Le trajet en taxi pour rallier l'ouest de la ville devient mémorable. Sur 8 000 taxis à Chicago, la probabilité de tomber de nouveau sur la même voiture est mince. N'en déplaise à Gaëlle qui reconnaît instantanément le chauffeur qui l'a véhiculée deux jours plus tôt. De notre côté, il ne nous en faut pas plus pour engager la conversation avec lui. D'origine marocaine, il enchaîne en français et parle de son pays qu'il affectionne tant.

Nous voici devant la maison d'Andrew. Nicole, sa petite amie, nous ouvre les portes de la bien nommée *Louder House*. Contre toute attente, comme pour le California Zephyr, nous entrons dans une autre dimension. Ses habitants débordent d'énergie créatrice. Sa décoration attire et fascine, tel un cabinet de curiosités. La musique est omniprésente, les ondes positives également. Deux chats, un noir et un blanc, deux poules et une tortue peuplent aussi cette étonnante demeure. Joe, Zack puis Adam nous rejoignent pour un feu de camp dans le jardin. Entre rite initiatique et ambiance bon enfant, nous nous laissons porter par cette douce folie. La soirée se poursuit au sous-sol transformé en studio de peinture et d'enregistrement. Andrew, Joe et Zack donnent la note, et c'est parti pour plusieurs heures d'improvisation musicale. D'abord ébahis, nous nous contentons d'observer, puis nous finissons par prendre part à ce joyeux bazar.

Le destin nous met définitivement sur la voie de drôles de personnages. Des passionnés qui ont le cœur sur la main.

Il se fait tard, ou tôt, on ne sait plus. Nicolas et Gaëlle regagnent leurs hébergements. Et nous, nous sommes plus que ravis d'avoir pu vivre et partager cette soirée inimaginable en leur compagnie.

### *Jour 66 - jeudi 13 novembre 2014, Chicago, États-Unis*

Grasse matinée à la *Louder House*, nous tentons de récupérer un peu les heures de sommeil perdues la veille. Peu à peu, les colocataires émergent et vaquent à leurs occupations. Joe nous rejoint dans le salon. Autour d'un café, la discussion prend vite une tournure plus sérieuse et enrichissante. À l'évocation de nos projets, notamment celui d'Haïti Care, il partage avec nous l'implication sociale de son père dans des actions pour le développement de l'accès à l'éducation des enfants. Une initiative remarquable.

Après un tour à vélo dans le quartier avec Andrew, nous voilà partis avec Joe en direction de Wicker Park, quartier arty en pleine ascension de l'ouest de Chicago. Muraliste et artiste en vogue, Joe Miller est quelqu'un de surprenant.

Dès notre arrivée, il abandonne son studio de peinture et son travail pour nous consacrer son temps. Aujourd'hui, il est inconcevable pour lui de ne pas nous emmener découvrir sa ville.

Son parcours nous captive et nous essayons d'en apprendre davantage. Comme sur sa traversée des États-Unis à vélo qu'il mentionnait la veille. De cette expérience, il avoue ne pas avoir tiré de leçons à proprement parler, mais il parle plutôt d'une réelle prise de conscience de toutes les valeurs qui lui avaient été enseignées jusque-là et qu'il souhaite mettre à profit chaque jour. La patience, l'humilité, le partage, la compassion et l'ouverture d'esprit définissent désormais sa ligne de conduite.

Nous voici maintenant dans le Loop, le centre-ville de Chicago. Le vent a chassé les nuages et les flocons, le ciel bleu se dévoile. La ville est majestueuse dans le froid glacial. L'architecture typique nord-américaine nous transporte immédiatement. Les gratte-ciel imposants, les devantures de théâtre aux néons clignotants, les volutes de fumée qui s'échappent des bouches d'aération. Le Chicago d'Al Capone et des légendes du blues n'est pas bien loin…

La journée se poursuit par la rencontre avec Hami, réalisateur malgache. L'art est définitivement le fil conducteur de ces quelques jours dans la *Windy City*. Une réunion à l'atmosphère familiale puisque son tout jeune fils, sa femme et sa mère se joignent à nous. Nous bénéficions d'une projection privée de son documentaire, *Legend of Madagascar*, un road movie mettant en scène les dérives de la jeunesse malgache et les problèmes auxquels elle doit faire face. L'occasion, encore une fois, d'évoquer des sujets vastes et passionnants.

Nous retrouvons dans la soirée des amis de Joe dans un bar branché du nord-ouest de Chicago. Le lieu est incroyable, un complexe conciliant hôtel, spa, gymnase, restaurant et bar, et réhabilitant un entrepôt industriel datant du début du XXe siècle.

Il se fait tard, nous décidons de rentrer en stop et d'initier Joe à notre méthode de voyage. La rencontre ne se fait pas attendre. Une jeune chanteuse d'opéra d'origine vénézuélienne nous raccompagne, sans l'once d'une hésitation. Sa foi en une vie meilleure et son dévouement à son travail nous laissent admiratifs. Sur les dernières notes d'un *Ave Maria*, nous donnons une magnifique conclusion à ce soixante-sixième jour de l'aventure.

## *Jour 67 - vendredi 14 novembre 2014, Chicago, États-Unis*

Notre séjour à Chicago se prolonge et nous expérimentons ici une nouvelle facette du challenge. C'est en effet la première fois que nous restons aussi longtemps à un endroit sans y être contraints. Et de toute évidence, nous ne sommes pas prêts à quitter la *Louder House* et ses occupants.

Nous ne sortons pas de la maison de la journée, mais l'inactivité n'est pas au programme pour autant. Souhaitant être utiles et cherchant par tous les moyens à remercier de l'hospitalité reçue, nous proposons notre concours pour une tâche ou une autre. Inspirés par cette idée, le *sweet impact* comme Joe se plaît à la qualifier, les colocataires décident de se lancer avec nous dans la rénovation d'une pièce du sous-sol servant de débarras.

Nous nous attaquons donc aux innombrables cartons et caisses, meubles et accessoires entreposés là depuis des années. Les heures passant, la pièce s'éclaircit, la transformation agit, le tout en musique et dans la bonne humeur. Une fois les murs poncés et peints, les étagères et le bureau organisés, le nouveau studio de peinture fait l'unanimité. Une dernière touche, bougies, guirlande lumineuse et bannière suspendues, nous terminons juste à temps pour le lancement des festivités en l'honneur de l'anniversaire de Nicole.

Les invités se pressent dans le salon, on sert le dîner préparé par Andrew et la reine de la soirée fait son entrée. Musique, feu de camp, danse… Le charme opère de nouveau. Une surprise de taille vient compléter cette journée déjà bien agréable : Stéphanie, qui suit notre aventure sur Internet depuis le départ, débarque avec ses amis après sept heures de voiture ! L'ambiance reprend de plus belle jusqu'au milieu de la nuit.

Quant à nous, au terme de cette étape, la complicité avec Andrew et Joe nous comble de bonheur et nous nous plaisons à vivre au rythme de cette étonnante maisonnée.

## *Jour 68 - samedi 15 novembre 2014, Chicago-Washington, États-Unis*

Il est parfois des jours, dans cette aventure, où le challenge n'est pas au rendez-vous. Le planning est déjà établi et nous nous laissons porter par les événements plus que nous ne les provoquons. Ce samedi de novembre est de ceux-là.

À l'image des lendemains de fête, la journée démarre très lentement. Après quelques courses, nous nous rassemblons dans le salon. Entre les colocataires et les rescapés de la veille, nous voilà près d'une bonne douzaine autour de la table du petit-déjeuner à tenter de nous réveiller. L'ambiance est calme, les doux rayons du soleil percent à travers les vitrages. Nous apprécions l'instant, entourés de nos hôtes et de leurs amis.

Nous ne pouvons retenir notre émotion lorsque vient le moment de partir. La route nous appelle, même si nous avons l'impression de quitter une nouvelle famille. Nous remercions Andrew qui, d'un air amusé, nous tend un livre intitulé tout bonnement *Un Homme sans pays*. Un clin d'œil qui nous fait sourire. Quant à Joe, l'histoire n'est pas terminée. C'est maintenant décidé, il nous rejoindra dans quelques mois et s'engagera à nos côtés dans le projet Haïti Care. L'impatience nous guette déjà.

Nous gagnons en voiture la gare centrale de Chicago. Un dernier « au revoir » et le sifflement du train marquent le départ.

## *Jour 69 - dimanche 16 novembre 2014, en route pour Washington DC, États-Unis*

Il est toujours surprenant et déroutant de voir comment un voyage peut changer les perceptions. Les pertes de repères, notre rapport à l'autre, les difficultés de communication : un bouleversement total vis-à-vis duquel nous réagissons selon notre sensibilité.

Lors de ce trajet en train qui nous mène à Washington, nous nous amusons de constater à quel point notre notion du temps s'est distendue. Dans un monde où l'on est bien trop souvent pressé, il nous était impensable, il y a encore quelques mois, qu'elle puisse être aussi élastique.

Vingt-quatre heures enfermés dans un train. Une nuit noire, une journée morose. Des paysages peu changeants au fil des kilomètres. Nous pourrions, comme la plupart des passagers, manifester notre impatience, notre agacement face à la lente cadence du voyage. Pourtant, il n'en est rien. La fatigue accumulée ces derniers jours y est sans doute pour beaucoup. L'énergie nous manque et nous nous plaisons à nous laisser bercer dans un cadre confortable et relativement calme.

La faim nous fait toutefois sortir de notre léthargie plus rapidement que prévu. Les quelques barres de céréales récupérées ici et là ne font pas l'affaire bien longtemps et nous rêvons d'un repas chaud. C'est auprès du contrôleur que nous trouvons notre salut. À peine a-t-il vent de notre aventure qu'il nous entraîne dans la voiture-bar pour nous offrir de quoi manger. Quelques bouchées de sandwich nous requinquent en un rien de temps. Plus tard, c'est une autre des employées de la compagnie Amtrak qui nous glisse quatre boîtes surprises contenant des compotes, des biscuits et d'autres gourmandises. Suffisamment rassasiés, nous partageons avec les personnes autour de nous.

Nos forces retrouvées et la journée bien avancée, nous nous hâtons de lancer nos recherches d'hébergement pour le soir même. Les quelques discussions qui naissent de nos échanges sont pour le moins agréables, mais la flamme n'est pas là. Au vu de la situation, nous décidons de passer à la vitesse supérieure. Tour à tour, dans chaque voiture, nous tentons d'interpeller les esprits par un discours relatant rapidement notre mission. Peu nombreuses sont les réactions, mais il suffit d'une seule pour que tout bascule.

C'est ainsi que nous nous retrouvons en compagnie de Catarina, sur le quai de la gare d'Alexandria, au sud de Washington DC, en ce début de soirée. Anthropologue et ethnologue, elle s'est tout de suite identifiée à nous et s'est précipitée à notre rencontre en nous tendant la main.

Vivian, son amie, nous attend un peu plus loin. Elle nous emmène chez elle, une petite maison typiquement américaine située dans un quartier résidentiel, où nous faisons la connaissance de Dan, son mari. Nous passons une agréable soirée autour d'un dîner, à évoquer des souvenirs d'enfance et de voyages. Puis, pourtant d'abord réticents, Vivian et Dan nous ouvrent finalement les portes de leur chambre d'amis, au sous-sol.

Pensifs, nous regardons le chemin parcouru depuis la côte ouest des États-Unis. Et plus que dix jours devant nous pour atteindre Paris !

### *Jour 70 - lundi 17 novembre 2014, Washington DC, États-Unis*

À notre réveil, céréales, café, yaourts et *The Washington Post*, nous attendent sur la table de la cuisine. Vivian, qui ne manque pas d'attentions, nous a également laissé un mot assorti de cartes de métro et d'un plan de Washington. Fins prêts, sacs sur le dos, nous quittons notre point de chute à Alexandria. Dan nous conduit en voiture jusqu'à la station de métro et fait une partie du trajet avec nous. Nous passons près du

Pentagone, difficile de réaliser qu'il s'agit bien du département de la Défense des États-Unis et non d'une réplique d'un plateau de cinéma. Puis nous atteignons le centre-ville de la capitale.

La pluie battante nous accompagne toute la journée. Une journée placée de ce fait sous le signe de la culture. Les entrées gratuites dans les différents musées finissent aussi de nous convaincre. Du Smithsonian National Air and Space Museum à la National Gallery of Art, de l'Obélisque au Capitole, en passant par la Maison-Blanche, nous prenons le temps de découvrir les trésors historiques et artistiques dont Washington DC regorge. Patricia, jeune Mexicaine et pilote aspirante, nous fait le plaisir de se joindre à nous pour la majeure partie de nos pérégrinations. L'occasion de partager cette expérience et de voir, d'une certaine manière, ces visites à travers son regard.

Notre ami Joe de Chicago nous a mis en contact avec deux de ses proches, qui résident à Washington. C'est à leur appartement que nous nous rendons en fin de journée. Samantha nous accueille, sourire aux lèvres. Son entrain et sa gentillesse ne la quitteront pas de la soirée. Brady, son mari, arrive peu après. Autour des traditionnels pancakes aux bananes, œufs brouillés et bacon – un *breakfast for dinner* selon les termes de Samantha –, ils évoquent, des étoiles plein les yeux, leur récent mariage et nous racontent leurs fiançailles. Leur bonheur communicatif est plaisant à côtoyer.

Une fois couchés, les yeux fermés, nous revivons les étapes qui défilent, et les milliers d'images engrangées leur font écho dans nos esprits. Atteindre Washington n'est pas anodin, voilà que nous avons traversé un nouveau continent. Le challenge progresse, notre cheminement aussi. Et ces quelques lignes de Georges Washington lues dans le courant de la journée illustrent idéalement nos pensées :

*« My first wish is to see the whole world in peace, and its inhabitants one band of brothers striving who should contribute most to the happiness of mankind*[1]*. »*

## Jour 71 - mardi 18 novembre 2014, Washington DC - Philadelphie, États-Unis

L'appel du défi sonne comme une sirène aujourd'hui. Bien que nos billets de train, encore valables, nous permettent de tracer aisément notre route jusqu'à New York, nous décidons,

1. « Mon premier souhait est de voir le monde entier en paix, et ses habitants comme une fratrie unie, luttant pour savoir qui d'entre eux contribuera le plus au bonheur de l'humanité », Georges Washington, lettre au marquis de la Rouerie, 7 octobre 1785.

poussés par le challenge, de rallier *The City* par la route. Nous remercions chaleureusement nos hôtes et, suivant les instructions de Brady, prenons le métro pour atteindre la périphérie de la ville.

Un magnifique soleil a remplacé le ciel chargé de pluie de la veille. L'humidité n'est plus, mais le froid se fait sentir. Heureusement pour nous, nous attirons très vite la curiosité d'Alex. Depuis l'autre côté de la route, il nous interpelle et fait demi-tour. Originaire de New York mais résidant à Washington DC, il nous prend dans son véhicule pour un bout de chemin et nous dépose plus loin, au bord de l'autoroute. Casquette vissée sur la tête, bandana autour du cou, il nous embarque en une fraction de seconde dans l'univers gangsta. Dans un débit de paroles qui nous sème parfois un peu, il évoque son passé de taulard et les leçons qu'il en a tirées. Subtilement, il les ramène à notre projet qu'il trouve fascinant.

– La mentalité et l'attitude que l'on a face à la vie, c'est ce qui nous permet d'avancer. Malheureusement, ce sont souvent la peur et la fierté qui guident notre conduite.

À méditer.

Le voyage continue assez rapidement grâce à Alpha, avec qui nous roulons pendant près d'une heure. C'est lorsqu'il nous dépose sur une aire d'autoroute que les choses s'assombrissent quelque peu. Si l'affluence ne manque pas autour des restaurants et des cafés, l'approche est difficile. Par manque de temps, par peur ou parce qu'ils n'en ont tout simplement pas envie, les gens se brusquent, se ferment face à notre démarche. Comme toujours, certains sont prêts à nous donner de l'argent, ce que nous refusons, d'autres partagent un repas avec nous, mais les réponses négatives ponctuées d'agressifs « Dégage ! », « Laisse-moi tranquille ! », « Jamais de la vie ! » tombent quand il s'agit de nous prendre en stop.

Bien plus tard, notre rencontre avec Tim relance les affaires. À bord de sa sublime voiture, nous avançons désormais en direction de Philadelphie. Le bon contact avec ce jeune entrepreneur nous redonne l'énergie qui commençait à s'épuiser. Nous décidons même de suivre sa proposition de rester chez lui à Philadelphie pour la nuit. L'après-midi est bien entamé et cela nous semble plus prudent. Tim, lui, annule instantanément ses plans initialement prévus pour la soirée. Du jamais-vu !

Les immeubles historiques et les tours de verre du centre-ville nous accueillent impérialement dans un contraste saisissant. Nous posons nos sacs dans l'appartement du frère de Tim, non loin de là, et partons saluer la légendaire statue de Rocky Balboa. Un passage obligé. De même que l'escalade des fameuses marches du Philadelphia Museum of Art.

La parenthèse refermée, nous profitons du déclin du jour pour découvrir « Philly » sous une nouvelle lumière.

Bref retour à l'appartement pour une périlleuse opération de transformation. Tim nous fait en effet enfiler costume et veste, la tenue de rigueur, avant d'entrer avec lui au prestigieux club The Union League of Philadelphia. Parés tels des gentlemen, nous nous glissons dans un univers époustouflant. Nous naviguons dans les couloirs de cette bâtisse historique, hypnotisés par les matériaux, plus nobles les uns que les autres. Mobilier en bois patiné, sols en marbre poli, fauteuils en cuir, lustres, vitraux, peintures et ornements composent ce tableau étonnant. Les volutes de fumée de cigare qui s'échappent des salles déposent un léger filtre sur le décor. L'atmosphère qui se dégage du lieu et l'imaginaire qu'il suscite nous ensorcellent.

Bien loin, ce soir, des fondamentaux de notre aventure, nous observons pourtant avec délices les scènes qui nous sont données de vivre grâce aux rencontres faites le long de la route.

## *Jour 72 - mercredi 19 novembre 2014, Philadelphie-New York, États-Unis*

Nous ne traînons pas ce matin-là pour quitter l'appartement. Une douche et un expresso plus tard, nous voilà tous les trois sur le trottoir. Le temps est radieux, froid, mais ensoleillé. Au passage, nous prenons de quoi manger dans un café, sur le chemin du parking. Une fois en voiture, nous sommes pris dans le flot de la circulation matinale. Philadelphie s'éloigne, Tim nous emmène en dehors de la ville, à une heure de route environ. Une aubaine pour nous qui savons combien il est difficile de sortir en auto-stop des grosses agglomérations.

Nous quittons notre nouvel ami et commençons à prendre nos marques près du carrefour qui mène à l'autoroute I-95 en direction du nord. Le passage est dense et régulier, mais les véhicules ne s'arrêtent pas. Les températures négatives sont difficiles à supporter et, très vite, nous rentrons nous réfugier dans le *dinner* d'à côté.

Nous étudions nos possibilités. Nous nous trouvons maintenant à Levittown, un nom qui ne nous est pas complètement étranger. Et pour cause, nous avions reçu quelques jours auparavant un message d'une famille turque résidant dans cette ville, qui suit notre aventure par les réseaux sociaux et qui souhaite nous rencontrer.

Nous les contactons de nouveau, ne sachant pas ce qu'il va advenir de cette décision, et il est convenu que la femme vienne nous chercher.

Quelle n'est pas la surprise de Muammer lorsqu'il voit entrer dans le restaurant une cousine qu'il n'a pas vue depuis vingt ans ! La distance, l'aventure et la très grande lignée du côté de son grand-père qui comptait 250 descendants directs de son vivant n'ont pas permis de faire le rapprochement lors des échanges écrits. Des retrouvailles comme celles-là ne se produisent pas tous les jours et nous décidons de passer en famille quelques instants empreints d'émotion avant de reprendre la route. Une route vers New York qui se fait d'ailleurs en leur compagnie puisque après un bon repas partagé ensemble, ils nous conduisent au pied de Times Square.

Dernières embrassades, puis vient le moment de replonger dans le challenge. Trois heures durant, sur Times Square, à la sortie des théâtres et des restaurants, ou plus loin à une station de métro, nous tentons de trouver un hôte pour la nuit. Les réactions sont bien souvent fermes et définitives ou alors nous tombons sur des touristes, français notamment, qui ne peuvent rien pour nous. Malgré notre joie à l'idée de retrouver New York et des repères qui nous sont familiers, l'espoir retombe rapidement. La fatigue et le froid ne nous épargnent pas non plus. Abattus et face à l'heure tardive, nous nous résolvons à contacter Tamer, le cousin de Muammer. En un rien de temps, il vient à notre rescousse.

C'est un fait, les règles que nous nous étions fixées pour cette aventure se voient bousculées aujourd'hui. Comme nous l'avons plus d'une fois constaté au début de notre voyage, se trouver en terrain connu nous joue parfois des tours. Et puis, il faut aussi savoir se laisser porter par le hasard de la vie et ne pas toujours tout contrôler.

### *Jour 73 - jeudi 20 novembre 2014, New York, États-Unis*

New York City. Manhattan. L'Empire State Building, les taxis jaunes, ses grandes avenues… *The City*, son énergie positive et son environnement dynamique composent le cœur de cette journée autour duquel gravitent nos rencontres.

L'excitation nous sort du lit ce matin-là. Nous faisons rapidement la connaissance des colocataires de Tamer et de sa fiancée, Rebecca, d'origine brésilienne. Leurs histoires, des confidences dont nous sommes friands, sont pour le moins semblables : le goût du challenge et les multiples possibilités les ont tous conduits à New York pour poursuivre leurs études.

Le défi nous rappelle d'ailleurs à lui. Dans le bus qui nous conduit à Manhattan, nous ne pouvons cacher nos sourires. En ce début d'après-midi ensoleillé, nous avons rendez-vous à l'ONU avec Sibylle. Installée depuis plus de dix ans à New York, elle occupe actuellement un poste de fonctionnaire international à la Direction exécutive contre le terrorisme des Nations unies, et est également auteure d'un livre pour enfants. Grâce à Sibylle, les portes de l'Organisation nous sont ouvertes et une fois passés les contrôles de sécurité, nous commençons la visite. Le surréalisme de la situation ne nous lâche pas. Traverser trois continents en comptant sur la générosité et l'humanité des gens et atterrir à New York, au siège des Nations unies… La symbolique est forte et l'espoir est immense.

Émeline, journaliste au *French Morning*, un magazine en ligne pour les francophones installés aux États-Unis, nous accompagne tout en prenant des notes pour un article. Nous partageons un déjeuner et parlons pendant des heures en profitant d'une vue imprenable sur la tour Chrysler. Sibylle nous raconte son arrivée épique à New York en cargo, quelques années plus tôt, et son parcours bien rempli. Émeline, elle, se remémore ses voyages similaires à celui d'Optimistic Traveler. Plus jeune, elle a en effet parcouru la France avec son frère et bousculé ses habitudes en allant frapper chez les gens pour trouver un hébergement. Une expérience qui garantit des souvenirs.

Nos chemins se séparent pendant quelques heures avant de nous retrouver non loin de l'ONU, au World Bar, pour la soirée « beaujolais nouveau » dont nous sommes les invités d'honneur. La communauté francophone de New York, très développée, et de nombreux fonctionnaires des Nations unies sont présents. L'occasion pour nous de trouver un auditoire réceptif et de le sensibiliser à nos messages. Un pas de plus vers la réalisation de nos ambitions.

La journée se termine en compagnie de Kenneth, le patron du bar, avec qui nous avons sympathisé et qui nous a offert l'hospitalité. Nous posons nos sacs dans son appartement et le suivons retrouver des amis. La vie nocturne new-yorkaise nous grise, jusqu'à ce que la fatigue face à laquelle nous ne pouvons lutter nous décide à rentrer nous coucher.

## *Jour 74 - vendredi 21 novembre 2014, New York, États-Unis*

Nous nous réveillons au cœur de Manhattan, dans l'appartement de Kenneth. Jusqu'au bout de cette aventure, nous restons agréablement surpris par l'hospitalité et la bienveillance de nos hôtes.

Dynamique patron de huit enseignes, Kenneth nous entraîne dans l'un de ses cafés à quelques blocs de chez lui pour prendre le petit-déjeuner. Ne pouvant rester plus longtemps avec nous, il glisse un mot à ses employés avant de nous laisser. Sur ses recommandations, ils nous choient et nous servent un petit-déjeuner de roi.

Retour après cela à l'ONU où nous avons rendez-vous avec Dorian, rencontré la veille lors de la soirée francophone. Cette fois-ci, ce sont les portes de la grande salle de l'Assemblée générale qu'il nous ouvre, ainsi que celles de la mythique salle du Conseil de sécurité. Les frissons nous parcourent, comment ne pas être submergés par l'émotion en découvrant ces lieux chargés de sens ? Cerise sur le gâteau, Dorian nous fait nommer à la conférence de presse du jour. Une visibilité et un honneur pour Optimistic Traveler.

Des étoiles plein les yeux, nous retrouvons Reina, avec qui nous avions brièvement échangé lors de notre escale à l'aéroport de Tokyo, deux semaines plus tôt. De passage à New York, il était inconcevable que l'on ne se revoie pas. Sa douceur et son sourire nous accompagnent le temps de nos dernières heures new-yorkaises. Fous de joie, nous fêtons nos retrouvailles autour d'un déjeuner, puis nous nous installons dans un café.

À cet instant, nous ne pouvons nous douter de la rencontre que nous nous apprêtons à vivre. Gerardo, le jeune manager des lieux, vient se joindre à nous dès qu'il prend connaissance de notre challenge. Il nous offre généreusement les cafés et les viennoiseries, mais c'est surtout son discours que nous retenons. Bouleversés, nous l'écoutons partager sa vision du monde et de l'humanité. D'une élégance incroyable dans sa veste bleue rayée assortie d'un mouchoir de poche, ses cheveux ramenés vers l'arrière, il nous émeut profondément. Et c'est dans un sourire tout en retenue qu'il laisse échapper son cri d'espoir :

– *You have to give yourself a chance. I have problems, you have problems, but we have to allow ourselves to be happy. Learning to live with what you do have will lead to happiness*[1].

Ses mots sont d'une justesse étonnante pour son jeune âge. Reina en a les larmes aux yeux. Nous ne sommes pas près d'oublier cet instant qui souligne, une fois de plus, la magie du voyage.

1. « Vous devez vous donner une chance. J'ai des problèmes, vous avez des problèmes, mais nous devons nous autoriser à être heureux. Apprendre à vivre tels que l'on est, avec ce que l'on a, nous mènera vers le bonheur. »

Une merveilleuse conclusion pour ce chapitre consacré aux États-Unis.

L'heure est en effet venue pour nous de prendre la route de l'aéroport JFK. La nuit est maintenant tombée, nous jetons un dernier regard sur la ville qui ne dort jamais. Ses lumières scintillantes sonnent comme une réponse encourageante.

Nous nous envolons ce soir même pour Marrakech. Un itinéraire qui s'est décidé un peu au hasard des possibilités données par nos sponsors et qui nous sied parfaitement. Contrairement à Singapour, nous n'avons pas eu à batailler pour dénicher nos billets d'avion. Une fois ceux pour traverser le Pacifique en poche, les propositions ont continué d'affluer. Pour ne pas nous voir refuser l'entrée aux États-Unis, nous devions disposer d'un vol retour assurant notre sortie du territoire. Ces contacts, établis grâce à la communauté Internet, n'ont pas hésité à financer nos billets pour nous permettre de revenir vers l'Europe. Une amie de Jana, la guide tchèque que nous avions rencontrée en Inde, et Christiane, une Française, nous donnent ainsi l'opportunité d'aller au bout de notre challenge.

À nous de jouer, donc, pour ne pas décevoir ceux qui sont derrière nous pendant ces quelques jours qui nous restent.

# Les États Unis

74 jours = 34 150 km

## *Jour 75 - samedi 22 novembre 2014, New York-Oslo-Marrakech, Maroc*

Deux avions, une courte escale en Norvège, à Oslo, et nous posons le pied sur le sol marocain. L'Afrique. Un continent de plus. Une culture supplémentaire. Des rencontres, encore. Nous nous délectons, jour après jour, des opportunités que nous offre ce tour du monde.

Aéroport de Marrakech. Nous trépignons d'impatience à l'idée de partir à la conquête de l'Afrique du Nord, dernière étape avant le grand final. Nous nous dirigeons vers le bus stationné à l'extérieur, touchons deux mots au conducteur. À peine avons-nous vraiment posé la question qu'il nous fait monter gracieusement à bord. L'hospitalité marocaine marque des points.

Gérard, témoin de la scène, n'en revient pas. Nous faisons le trajet vers le centre-ville avec lui, échangeons sur nos projets respectifs. D'origine belge, il vient tout juste de s'installer à Marrakech pour profiter de sa retraite. Et… à peine avons-nous vraiment posé la question qu'il nous propose un hébergement pour la nuit. L'hospitalité belgo-marocaine marque des points.

Place Jamaa el-Fna, centre de Marrakech. Nous descendons du bus et prévoyons de retrouver Gérard un peu plus tard dans la soirée. Pour l'heure, la visite est au programme. La place grouille de monde, les calèches l'encerclent. Le rythme des percussions donne le tempo, l'effervescence est contagieuse. Du souk aux terrasses qui surplombent l'agitation, nous nous imprégnons de chaque scène. Les sens sont bousculés, stimulés. Nous retrouvons avec joie la culture orientale, onirique et intense.

Dans le labyrinthe des échoppes des commerçants et des artisans, nous faisons la connaissance d'Abdoul, qui nous invite à manger dans son restaurant. Grillades, légumes et semoule, un vrai repas extrêmement apprécié après plusieurs heures de jeûne. Plus loin, c'est le sourire de Diane qui nous attire. Gérante du café El Alhambra, elle nous offre un thé et des pâtisseries en plus de son temps et de sa charmante compagnie.

Après ça, et comme si cela ne suffisait pas, Ayoub nous embarque dans son taxi, direction le lieu de rencontre avec Gérard, qui nous attend déjà. Nous montons dans son appartement, sympathisons, parlons de ses voyages, de ses amis, de sa vie, et surtout, perçons à jour son secret pour un thé marocain à la menthe parfaitement exécuté. Un savoir-faire qu'il partage bien volontiers. Puis, la fatigue du voyage et du décalage horaire alourdit nos paupières, et nous nous hâtons de nous glisser dans nos lits.

## *Jour 76 - dimanche 23 novembre 2014, Marrakech-Tanger, Maroc*

Premier réveil à Marrakech, premier coup d'œil par la fenêtre. Nul doute, nous avons bien changé de continent. Les maisons de terre ocre ont occulté les gratte-ciel new-yorkais, l'Atlas est notre nouvelle *skyline* ce matin.

L'objectif de la journée est d'atteindre Tanger, au nord du Maroc. Six cents kilomètres pendant lesquels nous pourrons tester nos stratégies d'auto-stoppeurs aguerris sur un nouveau terrain de jeu. Il est 8 heures du matin, Gérard prend soin de nous nourrir d'une crêpe et d'un thé dans un petit café qui ouvre tout juste ses portes, avant de nous indiquer la direction à suivre.

Postés sur le bord de la route, nous reprenons nos habitudes. Signes de la main, grands gestes, sautillements, sprint vers les voitures et speech d'introduction, nos ressources sont affûtées, inépuisables… et payent. À moins que ce ne soient aux personnes qui s'arrêtent à notre hauteur que nous devions notre succès ! Car si nous remplissons notre quota et sommes capables de poser nos sacs à dos ce dimanche soir à Tanger, c'est entièrement grâce aux conducteurs qui nous acceptent à bord de leur véhicule. Encore une étape qui nous met sur la route de personnages touchants et bienveillants.

Comme toujours, l'expérience d'auto-stop est ponctuée par les refus et l'attente. Néanmoins, nous avançons pas à pas. Abdelatif est le premier à nous prendre et nous emmène à une station-service à la sortie de Marrakech. Saïda, ensuite, fait un détour jusqu'au poste de péage, tout en nous racontant de façon naturelle ses dernières anecdotes et en évoquant sa passion pour le marathon. Un bout de chemin dynamisant.

C'est en famille que nous faisons la route jusqu'à Casablanca. Un joli moment de partage avec Mohammed, Nahima et leurs trois filles, âgées de 3 à 12 ans, Assia, Hafsa et Kawtar. La spontanéité et les regards pleins de malice des enfants nous font voir le voyage sous un nouvel angle. De n'importe quelle nationalité, culture ou religion, dans n'importe quelle langue, les enfants ont ce pouvoir de donner un sens et une fraîcheur à la vie. D'un café sur une aire d'autoroute à une partie de diabolo, d'un repas au restaurant avec vue sur la mer à la visite surprise de la grande mosquée Mohammed Hassan II de Casablanca, nous vivons au rythme de cette adorable famille qui nous accorde tout son temps et son attention. Une vraie leçon que nous apprécions.

Sur la route de Casablanca à Kénitra, au nord de Rabat, autre ambiance dans la voiture, nous dansons en compagnie de Reda et Saad. Les deux jeunes étudiants s'amusent à jouer les apprentis DJ pour nous faire vibrer au son de la scène musicale marocaine. Un pari réussi.

Yasin est notre dernier chauffeur de la journée. Acteur et parlementaire, il multiplie les expériences, avide de connaissances et de nouvelles découvertes. Jusqu'aux portes de Tanger, nous évoquons ensemble son engagement citoyen, ses origines de la province de Chefchaouen et l'environnement artistique dans lequel il se plaît à évoluer.

Marrakech-Tanger, un parcours riche et diversifié, comme nous les aimons.

Une fois dans la ville portuaire, nous entamons notre deuxième objectif de la journée : trouver un hébergement pour la nuit. L'obscurité réduit notre champ de vision, la pluie, notre champ d'action. Pourtant, nous tombons sur Zineb à la sortie d'une épicerie. La jeune étudiante nous stupéfait tant elle met d'énergie à nous aider. Une attitude pareille nous étonne toujours autant qu'elle nous fait plaisir. Malheureusement, la famille qu'elle contacte ne peut nous recevoir et Zineb est la première déçue.

À 23 heures, nous n'avons toujours pas d'endroit où dormir. Nous sommes trempés jusqu'aux os, les commerces ferment les uns après les autres et nous ne savons où aller. La lumière provenant d'une pâtisserie nous attire. Les employés sont sur le point de fermer et nous discutons avec eux le temps qu'ils bouclent tout et descendent les rideaux de fer. Mustafa, le jeune serveur, ne parle que quelques mots de français, mais dès qu'il nous sait sans abri pour la nuit, il nous convie chez lui.

Essoufflés et encore tremblants, nous arrivons, soulagés, chez Mustafa. Au coin de la rue, une rencontre peu engageante et même carrément effrayante nous a fait tressaillir et prendre nos jambes à notre cou. Ce n'est, heureusement, pas tous les jours que l'on croise au détour d'une ruelle sombre un homme masqué armé d'une machette à la lame menaçante…

Plus de peur que de mal, nous suivons donc Mustafa jusqu'à son appartement. L'immeuble est occupé par une douzaine de jeunes hommes, tous vivant visiblement avec peu de ressources. Nous parcourons les étages avant d'atteindre celui de Mustafa. L'ambiance est particulière, les volutes de fumée d'une substance inconnue envahissent les couloirs, les visages sont fatigués, et pourtant, l'accueil est convivial. Séjournant au troisième étage, Mustafa nous montre notre chambre. Au sol, des couvertures en guise de matelas. Nous posons nos sacs et rejoignons nos hôtes pour grignoter un morceau. L'hospitalité n'est décidément pas une question de moyens.

### *Jour 77 - lundi 24 novembre 2014, Tanger-Bilbao, Espagne*

Il fait encore nuit lorsque nous quittons le domicile de Mustafa. Le jeune homme embauche de très bonne heure et nous l'accompagnons jusqu'à son lieu de travail. Nous l'aidons à préparer la salle et le magasin en échange d'un petit-déjeuner, puis prenons la direction du port de Tanger.

Les compagnies de ferry nous renseignent sur les tarifs en vigueur pour la traversée. Nous sommes surpris par le prix élevé des billets, alors que nous sommes en basse saison ! L'affaire se corse, l'Europe, si proche, nous paraît encore loin.

Par chance, un des employés vient nous souffler un bon plan qui regonfle notre moral. Si nous trouvons une voiture pour embarquer, le conducteur n'aura pas de frais supplémentaires s'il nous emmène. Une véritable aubaine.

Nous sommes lundi, les passages se font rares, mais nous gardons bon espoir. L'attente fait partie de notre aventure et se solde souvent par un succès. Par chance, la règle se confirme et nous embarquons, fous de joie, sur le ferry pour Tarifa.

Les côtes marocaines s'éloignent, le détroit de Gibraltar se dresse à l'horizon, la mer, paisible, se pare de reflets scintillants. L'ambiance à bord est détendue en ce début de semaine. Nadia, membre de l'équipage, nous ouvre même les portes du poste de commandement. Le capitaine, lui, nous cède un instant son fauteuil. Une minute qui suffit à raviver nos rêves d'enfant !

L'Espagne, enfin. La dernière ligne droite avant Paris. Milan est ravi à l'idée de parfaire son espagnol au contact de nos prochaines rencontres. Grâce à Carla et Mohamed, rencontrés pendant la traversée, le reste du challenge tire à sa fin à grande vitesse. Nous n'atteignons pas Madrid ce soir-là comme nous l'espérions, mais Bilbao, au nord du pays. Une étape de plus de 1 000 kilomètres qui nous donne des ailes.

Arrivés à plus de minuit dans la ville, nous n'avons même pas besoin de chercher un logement. Mohamed nous accueille chez lui et nous présente à ses colocataires, Idir, Youssef et Mohammed. Cette journée se classe assurément parmi les plus faciles de l'aventure. Des jours avec, des jours sans, des hauts, des bas, il faut de tout pour faire un tour du monde.

## *Jour 78 - mardi 25 novembre 2014, Bilbao-Bordeaux, France*

Motivés par l'avancée fulgurante de la veille, nous nous levons enthousiastes face à cette nouvelle journée. Après un petit-déjeuner à l'appartement, nous suivons Youssef et Mohammed dans les rues de Bilbao. La ville se réveille doucement, les lycéens rejoignent leurs établissements, les commerçants ouvrent leurs boutiques.

Le démarrage de l'étape est quelque peu chaotique. Nous peinons à trouver le financement des tickets de métro pour rejoindre la gare routière, puis celui des billets de bus. En début d'après-midi, grâce au concours de plusieurs personnes, de pièce en pièce, d'euro en euro, nous partons enfin en direction de San Sebastian.

Il est 16 heures quand nous commençons le stop. On nous avait prévenus que ce moyen de transport n'était pas le plus évident en Espagne, mais nous ne lâchons pas l'affaire. Isty, charmante Espagnole, contredit les mauvaises langues. Son énergie est débordante, son humour nous conquiert. Avec elle, nous roulons vers la frontière non loin de là avec une facilité déconcertante, puis jusqu'à Hendaye. Après tout ce que nous avons vécu, nous avions oublié l'Europe et son principe de libre circulation !

Fous de joie d'être de retour en France, nous sommes pris d'une envie soudaine de célébrer l'instant présent. Nous entrons dans un bistrot pour y boire un café et partageons la nouvelle avec Daniel, le patron.

– La France ? C'est après Bayonne. Ici, c'est le Pays basque ! nous charrie-t-il.

Isty, d'origine basque espagnole, ne peut s'empêcher de sourire.

Nous discutons un moment tous ensemble. Lucas, 10 ans, neveu d'un employé, se joint à nous lorsqu'il a vent de notre histoire. Découvrir le regard émerveillé d'un enfant face à l'aventure n'a pas de prix.

Il est temps de repartir, nous remercions nos nouveaux amis pour l'accueil impromptu et reprenons la route avec Isty jusqu'à la station de péage pour l'autoroute en direction de Bordeaux. Les véhicules approchent et repartent sans nous prêter attention, la situation semble délicate. Après une longue attente, une voiture accepte néanmoins de nous prendre. Nous sommes tellement soulagés que nous oublions de demander jusqu'où. C'est ainsi que nous nous retrouvons sur un rond-point en périphérie de Bayonne, l'un des endroits les moins stratégiques qu'il nous ait été donné de trouver pour faire du stop. Les grands moments de solitude existent encore après soixante-dix-huit jours de voyage…

Après plus d'une heure de tentatives, nous réussissons à nous faire déposer à une nouvelle station de péage. Les refus tombent, puis Benoît, jeune banquier, accepte de nous emmener sur la prochaine aire. Une seule condition de sa part, faire un détour pour récupérer son jeune fils avant. Soit. Une fois sur cette fameuse aire d'autoroute, l'inquiétude se profile. Il se fait tard, les poids lourds espagnols, stationnés, ne prennent pas la route et les voitures se font rares. Bernard nous sauve d'une attente interminable. Deux heures plus tard, nous découvrons les quais illuminés de la capitale girondine.

Bordeaux, le pari de la journée est remporté.

Romain, jeune étudiant qui suit notre aventure depuis le premier jour sur les réseaux sociaux, nous a immédiatement contactés pour nous proposer un hébergement lorsqu'il a su qu'une de nos étapes nous menait dans sa ville. Le rendez-vous est pris, l'invitation acceptée, nous voilà donc prêts à rencontrer le jeune homme. Accompagné de ses deux cousins, Aymeric et Laurent, il nous rejoint dans le centre-ville de Bordeaux. Flattés de voir que notre initiative peut avoir un impact positif sur quelqu'un, nous sommes ravis de pouvoir partager ce moment avec eux.

Une soirée festive, légère et heureuse, pleine de découvertes culturelles et culinaires.

Bordeaux mérite hautement sa place dans le parcours d'Optimistic Traveler.

### *Jour 79 - mercredi 26 novembre 2014, Bordeaux-Paris, France*

L'impatience et l'excitation nous tirent du sommeil malgré une courte nuit. Nous ne sommes plus qu'à quelques centaines de kilomètres de notre but, une infime fraction comparée à ce que nous avons accompli jusqu'ici. Romain, prévenant, nous prépare les indications pour nous permettre de sortir facilement de la ville et nous conduit jusqu'à l'arrêt du tram. Il nous tend deux tickets, heureux de pouvoir contribuer à cette dernière étape.

Nous traversons le centre de Bordeaux en transport en commun et rejoignons ses environs pour nous attaquer à notre sport quotidien favori, le stop. Mêmes joueurs, mêmes règles, nous attendons patiemment de tirer les bonnes cartes pour avancer. C'est Jean-Michel, marseillais d'origine italienne, qui, le premier, s'arrête à notre hauteur. Son accent du Sud ensoleille la grise matinée et nous accompagne jusqu'à la première station-service sur la route en direction de Paris, même s'il doit pour cela effectuer un détour. Romain, banquier et randonneur averti, mordu de voyages et envoûté par la Norvège, nous avance ensuite jusqu'à Poitiers, dans une ambiance détendue et sympathique. De là, nous enchaînons avec Youssef jusqu'à Tours, puis avec Sylvie et Hichem jusqu'à Verneuil-sur-Seine, en région parisienne. Un itinéraire tout tracé qui nous convient parfaitement. Le plan change toutefois à la dernière minute et nous nous retrouvons sur le boulevard périphérique, prêts à passer les portes de la capitale.

Le sommet de la tour Eiffel se dessine au-dessus de la ligne des immeubles, nous n'en croyons pas nos yeux. Enfermés dans la voiture, nous ne tenons plus en place. À l'arrivée sur les Champs-Élysées, nous laissons exploser notre joie sous les yeux ébahis et émerveillés d'Hichem et de Sylvie.

Après soixante-dix-neuf jours de voyage, avec vingt-quatre heures d'avance sur notre planning, nous sommes de retour à Paris.

L'émotion est immense. Les pays, les visages, les épreuves, les surprises, tout se bouscule dans notre tête. Nous avons vu et vécu tant de choses inimaginables que cela en devient irréel. Et notre arrivée à Paris ne nous aide pas à redescendre de notre petit nuage…

Afin de pimenter la soirée et de conclure notre périple en beauté, nous lançons un appel à notre communauté. Les propositions de défis en tous genres ne tardent pas à affluer, comme cette idée de parcourir à vélo les derniers kilomètres qui nous séparent de la tour Eiffel. Une autre, improbable, semble faire l'unanimité sur la Toile, et c'est cette dernière qui se réalise sous nos regards incrédules. Nous ne savons par quel miracle, nous nous retrouvons en ligne avec Antoine de Maximy. De passage à Paris, le journaliste, concepteur et réalisateur de l'émission phare de voyage « J'irai dormir chez vous », nous convie… à dormir chez lui. Un renversement de situation pour le moins incroyable.

Munis de son adresse, le cœur palpitant, nous voilà en route pour une dernière aventure. Sur les conseils de notre hôte, fervent partisan du « plus on est de fous, plus on rit », nous embarquons avec nous Zelda et Diane, deux jeunes Parisiennes au naturel désarmant et à l'humour décapant, croisées au hasard de notre marche, puis Jenifer et Safa. Au bout d'une impasse, Antoine de Maximy, en chair et en os, nous accueille. Jean-Pierre, un de ses amis, un inventeur rêveur, est également de la partie. S'ensuit une soirée à inscrire dans les annales de l'aventure.

Direct, franc, simple et drôle, Antoine partage son expérience de voyageur chevronné et passionné. S'il reconnaît que nous ne sommes pas les premiers à avoir voulu être hébergés chez lui, il nous avoue, amusé, la raison de son accord :

– À Hollywood, George Clooney n'a pas voulu me recevoir. Toutes proportions gardées, lorsque j'ai su que vous veniez d'arriver à Paris après quatre-vingts jours de défis, j'ai pensé qu'une fin inattendue serait bien pour vous !

Et d'ajouter :

– Moi, ce que j'aime, ce sont les moments où il se passe quelque chose de sympa, où il y a une espèce de magie qui se crée. Comme ce soir, là, tous ensemble.

Nous continuons à discuter dans une ambiance festive et évoquons les grandes lignes de notre challenge. Tous s'accordent à reconnaître que les élans de générosité que nous avons reçus sont frappants. Antoine de Maximy nuance cependant notre optimisme :

– Vous avez su parler aux gens, vous avez su être des personnages différents. Le contact s'est créé et la réussite en a découlé. Mais si le monde était si parfait, des gens ne dormiraient pas chaque soir dans la rue.

L'animateur nous livre ici, avec sincérité et humilité, sa façon de penser. Les messages ? Trop peu pour lui. Un parti pris légitime qui dicte sa manière de voyager.

L'attitude, l'ouverture aux autres, voilà ce qui mène aux rencontres, à l'échange, au partage. Et à des soirées comme celle-ci…

## Jour 80 - jeudi 27 novembre 2014, Paris, France

Dernier réveil dans le cadre du *80 Days Challenge*. Une tasse de café et nous prenons congé de notre hôte peu ordinaire en le remerciant chaleureusement.

La journée qui nous attend n'est en rien comparable aux soixante-dix-neuf qui l'ont précédée. Pas de pression face aux kilomètres à parcourir aujourd'hui, pas d'auto-stop. Un ultime défi tout de même et un léger pincement au cœur : reste encore à trouver un hébergement pour la nuit prochaine, afin d'honorer notre rendez-vous demain matin, au pied de la tour Eiffel.

Entre deux rencontres professionnelles et des retrouvailles avec des amis, nous tombons, dans une brasserie parisienne, sur un couple dont l'élégance et la distinction nous interpellent. Nous engageons la conversation et Valeria et Didier, habitués au passage incessant dans leur maison, répondent sans hésiter à notre demande. Une condition toutefois pour que nous ayons un toit pour la nuit : que nous fassions la cuisine ! L'affaire est conclue avec un léger compromis de notre part : nous trouverons quelqu'un pour préparer le repas. C'est Séverine, responsable d'une boutique de maroquinerie, qui se pliera volontiers à l'exercice.

La soirée se déroule idéalement dans une sublime maison d'architecte – la profession de Valeria et Didier – du XIX^e arrondissement de Paris. Les enfants, Jules, 20 ans, et Marie-Jeanne, 10 mois, sont de la partie. Camille, la fille de Séverine, Évelyne, Georges et Léa, notre équipe favorite de Boulevard des Productions qui nous a soutenus tout au long de l'aventure, se joignent aussi à la joyeuse compagnie.

Les anecdotes vont bon train, le voyage et les différences culturelles sont à l'honneur avec l'origine argentine de notre hôtesse. L'ambiance est festive, les assiettes sont pleines, la tablée, vivante et bruyante, est digne d'une réunion de famille. Après quatre-vingts jours sur les routes, nous sommes comblés.

Une jolie conclusion à cette aventure humaine hors du commun.

# LE RETOUR À PARIS

80 jours = 46 793 km

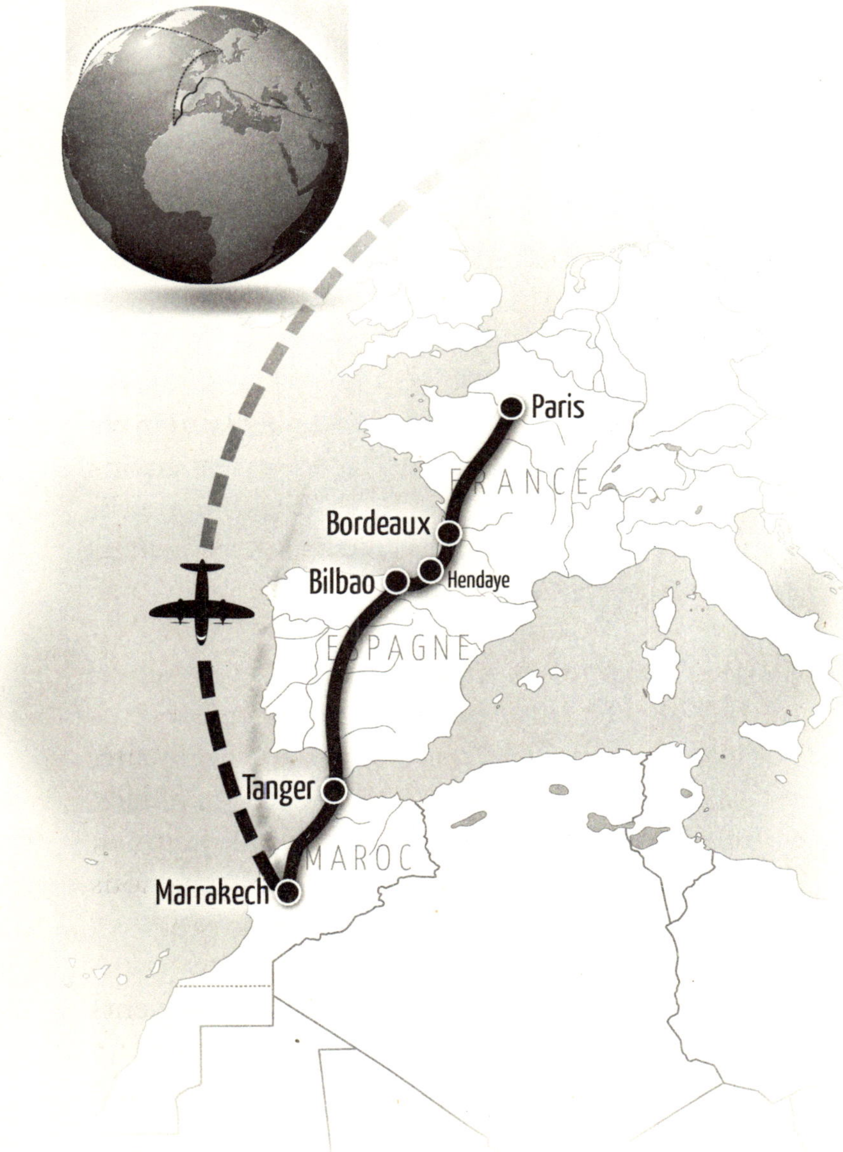

# Conclusion

*Vendredi 28 novembre 2014,*
*Paris, 9 heures du matin*

Au terme de 47 000 kilomètres, dix-neuf pays et quatre continents parcourus, nous avançons déterminés et heureux vers notre ultime objectif, la tour Eiffel. Le souffle est court, les jambes sont fébriles, mais le sourire, lui, ne quitte pas nos visages et témoigne de notre joie face à l'accomplissement de ce challenge.

Cette aventure n'était pas un voyage ordinaire. Bien loin de nous l'idée de partir avec l'unique envie de nous faire plaisir en traversant un grand nombre de pays en peu de temps. Nous nous étions fixé un cadre précis et une course effrénée en a découlé. Dans le feu de l'action, nous avons développé une synergie, des comportements tantôt similaires tantôt opposés, qui ont créé cette ardeur et ce dynamisme propres à notre duo selon les remarques exprimées lors de nos rencontres. Des rencontres significatives, constructives, qui incitent à la réflexion, aux remises en question. Des rencontres spontanées ou recherchées, mais toujours orientées par la même aspiration.

Le challenge était voulu comme démonstratif et il s'est déroulé comme tel. Avec l'aide de toutes les personnes que nous avons croisées en chemin, nous avons accompli notre mission. La boucle est bouclée, nous retrouvons les arches de la Dame de Fer et les visages de ceux qui nous ont accompagnés. Familles, amis et aussi quelques surprises se distinguent parmi la foule. Comme Sybille, qui nous a ouvert les portes de l'ONU à New York, ou Christiane qui nous a offert un billet d'avion pour Marrakech et dont nous faisons enfin la connaissance. L'émotion est tangible.

Au fil des jours, nous avons vu nos idées s'étoffer et nos envies grandir. S'impliquer, aider, partager : il reste tant à faire pour continuer sur notre lancée. Nous sommes de retour à Paris riches de chaque expérience vécue, mais n'avons néanmoins tiré aucun bénéfice matériel de cette aventure. Nos sacs à dos sont aussi légers qu'à notre départ, même si leur contenu a fluctué au cours des quatre-vingts jours. Nous avons en effet pu nous adapter aisément aux climats si différents grâce aux échanges et aux dons vestimentaires. De même, nous avons à notre tour offert tous les présents reçus de nos hôtes. Un geste naturel pour marquer notre gratitude.

### *Vendredi 5 décembre 2014*
### *Provins, École Jules-Verne*

La route se poursuit, une fois ce premier challenge terminé. Une route qui nous mène, une semaine après notre arrivée, dans un collège de la région parisienne. Le bien nommé Jules Verne se devait d'apparaître sur le parcours d'Optimistic Traveler suite à la lettre envoyée par une enseignante. Un témoignage poignant et touchant devant lequel nous ne pouvons être qu'honorés :

« Alors que j'écoutais la radio en ce matin du 9 septembre 2014, et que le flot des informations monotones n'attirait même plus mon attention, une petite percée d'optimisme me fit tendre l'oreille. Deux jeunes hommes tentaient le pari fou de faire le tour du monde sans argent, et sur le principe que les habitants du monde pouvaient être généreux et solidaires.

J'ai gardé cette nouvelle dans un coin de ma tête, enviant l'audace de Muammer et Milan, et m'interrogeant sur la vraisemblance d'un tel projet…

L'année scolaire commençait alors. Enseignante en SEGPA (section d'enseignement général et professionnel adapté) dans un collège de Seine-et-Marne, j'allais prendre en charge mes nouvelles classes d'élèves de 6e.

Mes élèves… Des enfants issus pour la plupart de milieux défavorisés, pour lesquels l'école est à la fois salutaire et secondaire…

Des petits hommes déjà chahutés par la vie auxquels je vais tenter de donner envie. Envie de lire, de découvrir, d'apprendre, de partager, de réfléchir, de créer…

Une longue liste non exhaustive que je ne pourrai tenir si je ne la ponctue pas de projets ludiques et porteurs qui sont les clés de la réussite de mon métier.

J'expliquai aux élèves le fonctionnement de l'établissement, le collège Jules-Verne, du nom du célèbre écrivain, auteur du non moins célèbre *Tour du monde en quatre-vingts jours*. Ensemble, nous avons alors feuilleté le livre dont j'avais un exemplaire au fond de la classe. Nous avons découvert qu'une journaliste américaine de l'époque, Nellie Bly, avait elle-même réalisé cette course autour du monde en soixante-douze jours et qu'elle avait, au cours de ce voyage, rencontré Jules Verne.

C'est ainsi que je leur ai raconté ce que j'avais entendu le matin même à la radio : les Optimistic Traveler avaient entrepris un périple audacieux, reproduisant deux siècles après le pari de Phileas Fogg et Jean Passepartout.

J'ai su que je tenais là mon premier projet porteur lorsque j'ai vu les yeux de Nadège, Maëva,

Kévin, Mikail, Jason, Kentigern, Julie, Camille, Clara, Ethan, Romaric et Brian briller de curiosité…

Eux qui n'avaient pour la plupart jamais voyagé, et pour lesquels aller au cinéma représentait déjà un événement extraordinaire dans leur quotidien souvent difficile, se sont mis à rêver face à cette entreprise un peu folle de parcourir le monde avec pour seul bagage sa bonne humeur et son optimisme. Car lorsqu'on n'a rien et qu'on le vit au quotidien, voir les autres en faire de grandes choses représente bien plus qu'un pari audacieux…

Phileas Fogg avait voulu vivre avec son temps en profitant de la révolution industrielle, et Muammer et Milan allaient justement à l'encontre des valeurs apparentes de leur époque qui sont l'argent et l'individualisme.

Les Optimistic Traveler ajoutaient de la difficulté à leur parcours en voyageant sans argent, pour prouver, comme ils le disent, qu'il y a des gens bien dans le monde.

Pari lancé ! Élèves motivés !

C'est ainsi que jour après jour, nous avons suivi le périple des deux voyageurs. Les élèves ont affiché, sur le mur de la classe, la carte de l'Europe avec un premier Post-it sur la ville de Paris, France, en date du 9 septembre.

Puis les étiquettes jaunes se sont multipliées, faisant une jolie guirlande, annotées de chaque date, chaque lieu, chaque étape. Il a fallu ensuite changer de carte et prendre une mappemonde, car l'air de rien, nos voyageurs en faisaient du chemin !

Les élèves ont vécu chaque étape avec joie, fébrilité et parfois même angoisse lorsque Muammer et Milan sont restés bloqués à la frontière iranienne, faute de papiers. Le temps passait et ils restaient dans le même pays, prenant du retard dans leur course. Allaient-ils pouvoir respecter le délai imposé des quatre-vingts jours ?

Chaque jour, à la fin de la séance de français, nous constations l'avancée des globe-trotters en parcourant leurs articles sur Internet. Mikail, d'origine turque, traduisait les messages écrits dans sa langue natale, faisant l'admiration de ses camarades. Comme dans le calendrier de l'Avent, lire jour après jour le récit de voyage des explorateurs faisait l'effet d'un chocolat surprise que l'on découvre avec impatience.

Les élèves se sont enthousiasmés à chaque rencontre, chaque témoignage de solidarité. Ils ont partagé les aventures de Muammer et Milan comme s'ils leur donnaient la main durant cette course autour du monde.

Le vendredi 28 novembre 2014, soit quatre-vingts jours après le lancement de leur pari optimiste, Muammer et Milan rejoignaient la tour Eiffel, grâce à la générosité des habitants du monde entier.

À 100 kilomètres de là, dans une salle de classe de province, douze élèves de 6e marchaient derrière les deux amis, le cœur battant et des images plein la tête…

Le voyage autour du monde avait été partagé, et c'est là que le pari était gagné !

– Madame, vous croyez qu'on pourrait nous aussi rencontrer Muammer et Milan, puisqu'ils ont déjà donné à beaucoup de monde ? m'a demandé hier Mikail…

Pari lancé !

Sandie Masson. »

Devenir aux yeux d'enfants des « explorateurs optimistes », tels qu'ils nous surnomment, et leur montrer la voie de l'ouverture aux autres est certainement l'une des plus belles récompenses que nous pouvions recevoir…

*Février 2015*
*Port-au-Prince, Haïti*

Nous quittons la grisaille hivernale de l'Europe pour la chaleur tropicale d'Haïti. Grâce à notre communauté Internet et à la visibilité médiatique mise en place autour du projet, la campagne de levée de fonds lancée pendant le *80 Days Challenge* est un succès, à tel point que nous pouvons utiliser à bon escient l'argent récolté au profit de l'association Haïti Care.

Pendant un mois, de travaux de rénovation en aménagements d'un espace jardin, de parties de jeux de société en apprentissages de jonglerie, d'ateliers dessin en réalisations de peintures murales, nous évoluons au contact des jeunes enfants et adultes de l'école MEVA de Port-au-Prince. Sous la tutelle du fondateur de l'association Michael Kaash et de ses bénévoles, l'équipe d'Optimistic Traveler s'agrandit. La magie qui nous a accompagnés tout au long de notre périple opère une nouvelle fois. Comme promis, Joe Miller nous rejoint depuis Chicago. Son art fascine et émerveille les petits et les grands, ses couleurs lumineuses égayent les murs ternes des tristes constructions. Son intervention remporte tous les suffrages, couronne notre premier pas vers l'humanitaire et conforte nos désirs.

La magie du voyage, toujours, nous permet aujourd'hui de revivre cette magnifique aventure à travers la plume de Gaëlle, rencontrée à bord du California Zephyr quelque part aux États-Unis, entre l'Utah et le Colorado.

Des collaborations, des associations aux talents et aux personnalités multiples qui ponctuent la route d'Optimistic Traveler et qui, nous l'espérons, continueront d'être nombreuses afin que de nouveaux projets voient le jour.

Nous sommes nés curieux et aventuriers, avec un besoin de repousser les limites pour qu'elles n'existent plus et nous offrir une vie de liberté. Nos rêves d'enfant, nous les conservons encore en nous, ce qui, probablement, nous fait croire que les gens sont généreux, bienveillants, tolérants et qu'ils ne demandent qu'à s'ouvrir aux autres. Notre challenge a confirmé toutes nos convictions et nos espoirs mais ce n'est que le début.

Nous aimerions pouvoir dire que chacun peut réaliser ce défi. Ce n'est malheureusement pas vrai. Nous sommes conscients que les circonstances nous ont été favorables. Nous sommes des hommes blancs, citoyens de l'Union européenne, avec un passeport, une assurance santé internationale, de la famille et des amis sur lesquels nous pouvons compter, une épargne, une bonne éducation, une expérience préexistante du voyage, des soutiens médiatiques…

Oui, il y a de bonnes personnes partout, et c'est grâce à leur générosité que nous avons réussi à achever notre challenge. Cependant, l'injustice et la discrimination, dues à la couleur de peau, au genre, à l'opinion politique ou à l'orientation sexuelle, existent toujours. L'optimisme est une grande force et peut changer les choses, mais ne peut pas vaincre les préjugés. Nous, les Optimistic Traveler, voulons avec votre aide rendre notre monde meilleur.

Optimistic Traveler existe plus que jamais. Tous les bénéfices et dons que l'association reçoit sont utilisés, comme pour la mission Haïti Care. Nous repartons vers de nouvelles contrées où des gens ont besoin d'aide. Notre rêve d'humanitaire est enfin réalisé, notre désir de redonner toute la générosité que nous avons reçue n'est pas prêt de s'assouvir.

Nous aimons le monde et aujourd'hui nous allons le changer !

## Le monde est bon, il y a des gens bien partout !

C'était notre mission de le prouver, voici chose faite ! Sans un centime en poche, nous avons réussi, et cela uniquement grâce à la générosité du monde.

De tous voyages et de toutes aventures humaines que chacun est amené à vivre, nous devrions être à même de tirer des leçons. Les expériences traversées constituent notre vécu et il est important d'être conscients de ces nouvelles richesses pour parvenir à aller de l'avant, grandir et aider son prochain.

Ces quatre-vingts jours nous ont mis devant le fait accompli même si l'on espérait ardemment confirmer cet espoir. Le monde, avec ses différences, ses parts d'ombre et ses barrières est bon et généreux. Pour déceler cette facette que l'on met souvent à l'écart et la voir perdurer, quelques préceptes sont toutefois essentiels.

**L'humilité**, d'abord.

La société dans laquelle nous évoluons crée les fossés et les disparités qui nous séparent, pourtant, il ne faut pas oublier que nous sommes nés égaux. Le sentiment de supériorité lié aux privilèges d'une condition ne mène à rien, si ce n'est au conflit. Face à des situations délicates ou difficiles, la perspective remet les choses en place : les plaintes n'ont plus lieu d'être, l'humilité est de rigueur.

**Le respect et la tolérance**, ensuite.

Voir le bon côté de chacun, chasser les a priori, chercher plus loin que l'apparence. Chaque personne, chaque entité, quelle qu'elle soit, est digne d'intérêt et possède des qualités. La tolérance induit le respect, et inversement. Le monde mérite cette attention.

**L'altruisme**, enfin.

Être soucieux du bien d'autrui peut passer par diverses actions. Offrir du temps à l'autre est un premier pas. Peu importe la quantité, la qualité est à privilégier. Les liens que l'on tisse avec son prochain en est un deuxième. Porter un regard bienveillant et aimant sur son entourage ne peut qu'être bénéfique. S'éloigner ou se détacher de la société de consommation qui dicte trop souvent nos actes en est encore un autre, et pas le moindre. Être désintéressé est la clef : le bonheur ne réside pas dans la matérialité ni dans le pécuniaire.

Des valeurs universelles qui embellissent toute aventure, petite ou grande, ici ou ailleurs.

Écouter, observer et apprendre pour ensuite appliquer. De la théorie il s'agit de se détacher pour passer à la pratique…

Bon voyage,

Optimistic Traveler.

## Remerciements

BOULEVARD DES PRODS

Nous étions deux sur la route, mais une équipe, presque une famille, nous a soutenus. Merci à Evelyne NOIRIEL, Georges PRATS, Léa et toute l'équipe de Boulevard des productions, qui nous ont soutenus quotidiennement dans cette aventure.

Avant le voyage, ils nous ont offert dix cartes mémoires de 64 Giga, ainsi qu'un micro et quelques accessoires. Pendant, ils étaient présents au quotidien, entre la création du site internet, les lives, les montages vidéo de 80 secondes et les réseaux sociaux. Merci.

http://www.boulevard.fr

TAMERA

Eric BONNEM et toute son équipe ont été nos partenaires voyage. Leur connaissance du monde, leurs conseils précieux et leurs sponsors visa, ont été d'une aide inestimable.

Sans eux, il aurait été plus long d'avoir le visa iranien et pratiquement impossible de traverser le Pakistan.

Ils continuent de nous soutenir à distance… Un énorme merci !

http://www.tamera.fr/fr

EAU

Première source de vie, indispensable chaque jour de notre voyage. Merci à la technologie allemande et à toute l'équipe LEOGANT.

http://www.leogant.de/progress/

REAL TRANSPORT

Aziz SOYLU, chef d'entreprise d'origine turque, a adoré notre projet et nous a offert un billet d'avion pour traverser l'océan.

IMAGIN

Hakim BENASSOUL nous a soutenus pendant l'aventure, et nous a encouragés à écrire un livre afin de partager dans un témoignage notre périple à travers le monde. Finalement c'est Michel LAFON qui nous éditera.

http://www.imagin-communication.info

MICHEL LAFON

Michel en personne, adhère à l'énergie d'Optimistic Traveler. Non seulement il édite notre livre, mais il nous a promis un don de 7 300 dollars, pour participer à changer le monde avec nous, et lancer un projet humanitaire ensemble !

http://www.michel-lafon.fr

LUDOVIC HUBLER

Il a fait le tour du monde en 80 jours en stop, un voyage encore plus extraordinaire à lire dans son livre. Il nous a suivis et conseillés pendant notre voyage.

http://www.ludovichubler.com/fr/

Il a lancé le superbe projet TRAVEL WITH A MISSION, inscris-toi !

http://www.travelwithamission.org/fr/

NOUVELLES FRONTIERES :

Gaël PHALEMPIN, d'Annecy, a sponsorisé le voyage à Haïti et offrira le billet d'avion de Muammer pour que nos dons aillent directement aux enfants.

http://www.nouvelles-frontieres.fr

VIP Studio

Nous avons mis en place un partenariat avec VIP Studio, concernant le matériel de tournage. Le prêt de 2 appareils photo caméra (GH3 et GH4) ainsi que de 3 objectifs et 10 cartes mémoires de 64 giga.

www.vip-prod.fr

KIM

Une force tranquille qui mérite d'être félicitée. Un accompagnement au quotidien qui a permis de construire le projet. Une conseillère sans pareille. Merci pour sa patience. Merci d'être à nos côtés. On t'aime !

François KLAUTH

Nous a surpris et a participé en toute simplicité au projet humanitaire à Haïti !

Lotfy DIBAOUI

Il nous a accompagnés à Haïti, et malgré les conditions difficiles il a réussi à travailler avec nous sur place. Sa jeunesse et sa motivation nous ont beaucoup aidés. Il a trouvé un mécène pour son billet d'avion, bravo !

Bernard CANTOS

Rencontré sur la route de Metz, il nous a pris en stop avec sa belle Katie. Nous avons finalement passé vingt-quatre heures ensemble. C'est la magie du stop et des rencontres.

TEAM

Merci à notre entourage, qui, dans l'ombre nous a conseillés, encouragés motivés tout au long de l'aventure. Certains se sont renseignés sur l'itinéraire, d'autres ont participé aux traductions, ou ont préparé le voyage avec nous.

Merci à toutes les personnes qui nous ont aidés !

**Optimistic Traveler**

Une aventure humaine pleine d'amour et d'émotion

Réalisée entre le 09/09 et le 28/11/2014

www.optimistic-traveler.com
optimistictraveler@gmail.com

Facebook :
www.facebook.com/optimistictravel

YouTube :
www.youtube.com/c/Optimistic Traveler

Instagram :
http://instagram.com/optimistictravel

Twitter :
https://twitter.com/OptimisticTrav

Muammer Yilmaz
www.muammer.fr
www.facebook.com/muammer.fr

*Composition PCA*
*44400 – Rezé*

IMPRIM'VERT® PEFC™ 10-31-1510

*Imprimé en France*
par Corlet Imprimeur
14110 Condé-sur-Noireau
N° d'impression : 172714
Dépôt légal : mai 2015
ISBN : 978-2-7499-2615-5
LAF 2054